文芸社セレクション

雨の坂道

嫁の言い分《ぶん》

相原 徐風
AIHARA Jofu

文芸社

あらすじ

好きになった人の家は、坂道の中程にあった。植込みがきれいな瀟洒《しょうしゃ》な建物であった。私には嫌いなものが三つあった。

その一つが坂道である。あと、神社仏閣の石段と、もう一つは西陽の入る部屋だった。仏閣の石段も西陽のあたる部屋も避《さ》けることが出来る。

彼の家族と会うために行った時、坂道の途中に家があり引いてしまった。「ここですか」と言う私に、彼は悠々と此処が私の家だと言わんばかりの表情であった。取りあえず彼の後をついて中に入って行った。

もし、決まれば此処に住めないことをどう説明すればよいのか、家と結婚しないということを何処で言えばよいのか、頭の中で自問自答しながら応接間へと進んでいった……。

（一）

私が最初に彼に会ったのは、国道二十六号線の玉出の信号をわたっている時だった。会ったと言うよりすれちがったと言うのが正しいと思う。向こう側からも大勢の人が渡ってきており、白線の外側を歩いていた私に、書類をかかえて渡ってきた男の人の肩が当たりその拍子にバラバラと書類を落とした。

その時、知らぬ顔で行けばよいものを、ちらばっている紙を二、三枚拾って「はい」と渡してあげた。その男の人はまだ拾っており私は走って渡っていった。

時間がないのに性格が出てしまったのだ。渡った所に第一勧業銀行があり、とにかく三時までにかけ込んで、辛くも間に合った。

窓口の用を済ますと客は私一人だった。行員のていねいなあいさつを聞き通用口から外に出た。石段で出来ている通用口からおりて外に出た。その時、横から男の人が現れて「さき程はありがとう」と言った。

私は、何故という顔をするとその男は、

「礼を言おうと思ったんですが、急いでいたから多分ここだろうと思って」と説明した。

「いいえ、どう致しまして」

といって、私は商店街の方へ歩いて行った。玉出公設市場で豆腐を買って帰った。普通はすれ違った人なんかに、ちょっと紙を拾ってくれた人なんかに待ってまで礼を言うかな、第一憶えているかな、わざわざ銀行の横で待ってまでと思うと変な感じがした。

だが、四日後の夕方又その人と会った。道路沿いにある外科に湿布のはり替えに行った時待合室に座っていた。

診察室から出てきた私に、信号の男は「ああ」と言った。知り合いではない、顔見知りでもない、全く関係がないと咄嗟に判断し相手にしなかった。

窓口で支払いをすませて「ありがとうございました」と言って外に出た。

二週間前仕事の帰りにタクシーに乗った。仕事の都合で遅くなってしまって、会社からタクシー券が出たので難波元町からタクシーを拾って乗った。一《いち》キロも行かないのに後のタクシーに追突された。その場に交通警察やら、示談屋さんやら来た。

「私、どこも悪くないので、他の車で帰りますから」

と言うと、住所と名前を書かされた。帰ったら夜中の十二時だった。次の日の朝八時頃、昨夜のタクシーの運転手と示談屋さんが来た。

「とことん治るまで病院に行ってや、治療費は追突した他社のタクシー会社が払うよってんな、遠慮せんでいいで、これ証明書や、警察の印とかみなあるやろ、ほんでな、これ示談金や、八万円や少ないけど会社からやから受け取ってや、ほんでな、ここに印ついて」とバシャバシャ言った。

「お金はいりません、どこも悪くないです」

いくら言っても聞いてくれず、仕方なく受け取った。

「どこの病院に行くんや」と聞くので、仕方なく、大通りの宮川外科に行くと言うと、先生に話とおしておくさかいな、行ってや、支払いは会社の方に廻るからちゃんとなおしてや、としつこく言った。示談屋さんの仕事はおそろしいな、すべて根廻ししてあった。

宮川外科へ行って窓口でもの言おうと思ったら、

「宗方さんですか、聞いています」と言って奥の診察室に通され、首、背中、腰、両足等すべてレントゲンをとった後、医者は異常ないけど、しばらく首を固定しますよ、と言って、

「むち打ちだと二十年後くらい後にでも頭痛がおこったりする可能性があるので」と理由づけがもっともらしい文言だった。

職場に連絡すると、「二十日間は有給休暇《か》にします」と言った。首かせの様なものをつけて診断書を届けた。外の人にも悪いので理由を言って「ごめんね」を連発して辞した。

私が勤めていたビジネスホテルでは、私は電話の交換手をしていた。三交替で朝八時から夕方四時までと、夕方三時から夜十一時までと、夜十時から朝八時までになっておりC勤《シーきん》のみ夜中《よなか》三時間程度眠ることが出来た。

電話は夜中でもかかってくる。夜中にかかった電話はフロント係が受けていた。まず、ほとんど架《か》からない。

タクシーの追突の日はB勤で夜十一時半頃帰った。この仕事は案外楽《らく》でその上手当もよかった。

大阪新歌舞伎座からすぐ近くのホテルであり、歌舞伎座に出ている芸能人の人達の常宿であった。

一流の芸能人、そのとり巻きの出演者がロングランで三階から上を借りていて、喫茶、食堂も売上が上がり、従業員には七月、八月続けて大入りがあった。

おかげで従業員もホクホク顔で、愛想もよく風通しがよかった。時折フロントに用があって玄関フロアーに行った時など、歌手の人等と出くわしたりする。

「お疲れ様です」

と言ってあいさつをすると、一流の歌手がニコニコとして礼を言ってくれたりする。要するに至福に思えるのであった。

だが、その事は一切外《そと》に言わない、所謂守秘義務があった。真《まこと》においしい職場であった。

此処に勤めてから、言ってもいいことと言ってはいけないことのけじめが自然とついて、背筋が自然と伸びたように思えるのであった。

サービス業のなんたるかを判断出来るようになったし、関係のないことに手を出さない心得が身についていった。

お辞儀の仕方が身について、このことは、その後の私の生き方に大いに役に立った。

勤め先で勉強させてもらったことは本当にありがたくうれしかった。毀誉褒貶の大阪の世相の中で腹の立つことばかりだが、ここは本当に楽しい職場であった。

四年半程勤めて退職した。私はすでに二十七歳になっていた。心の中でいつも思っていることがあった。それは朝出勤して夕方帰宅する、普通の仕事に変わりたいということであった。

ビジネスホテルでも、不規則な勤務だから水商売につとめているのかと友人から問われたりした。

確かにそう思われても仕方がないと思ったりしたが、どこに勤めようと私自身は変わらないのに高所から見れば何かどこか違う所があるのかも知れない。

信号の男性と三度目に会ったのは、税理士事務所の事務員募集の貼り紙を見て行った時であった。予《あらかじ》め電話で確認して行った。ビルの二階だった。

そこに信号の男は居た。「えっー」ここで会うとは、どういう廻《めぐ》り合わせなんか「逃げ場がないやんか」否、逃げる必要ないけど。

頭の中でグルグルああでもないとか、こうでもないとか瞬時に考えたが腹を括って、履歴書を差し出し、「よろしくお願いします」と言った。

「お父さん、これ」といって奥に座っている人に渡していた。白髪の六十位の人である。

どうも親子らしく見えた。

小さな応接机で面接してくれた。二、三質問されて「いつから来てくれますか」と

言われ
「えっ、採用ですか」と言うと、
「採用します。この様な所ですが明日からでも出勤して下さい」と言った。
そして、理由を言った。その理由が振るっていた。ちゃんとお辞儀が出来ていた、
そして字が明るいと言った。
「採用するに足りる充分の利点を持っています」と言って笑みをうかべた。
「ありがとうございます。久しぶりに誉められたみたいです。来週の月曜日からでも
いいでしょうか」と聞くと、
「いいですよ、お待ちしています。給料は聞かなくていいんですか」と言うので、
「此方の規定でけっこうです」と答えた。
「わかりました。気をつけて帰って下さい」
と言った。つとめ先が決まりうれしかった。
京子は帰るとすぐ部屋の掃除にかかった。そして買物に行き、まず最初に炊飯器を
買った。鍋で炊いていたが退職金とか事故の時の八万円とか、給料も貯めていたので
今まで欲しかったもの買った。本箱と机を買いに行ったらラジオも買い、洋服も買い
生活をきちんとしようと構えた。最後、月曜日から持つハンドバッグを買った。

ここ何日《なんにち》かの事を大学ノートにひかえ、買物の領収書をノートの後ろの頁に貼りつけた。

管理人の奥さんが何か変わったことあったんかと聞かれ、仕事を変わった話をした。ほなもう普通やなと言われた時、管理人にも夜の仕事に行っていると思われていたんかと思うといやな感じがした。

説明しても人がそう思っている以上仕方がなく、この人にわかってもらわなくてもいいやんかと思い直した。とてもいい職場だったたし、特殊な仕事だったから誇りを持っていた。

事故に遭《あ》わなかったら、まだ行っていたかも知れず、否、否、振り返るのはやめよう。

明日から出勤する準備をして、服も着てみたり少し希望に胸がふくらむ思いがしていた。

信号の男の父親の会社だった。きっちりとした人間性が少し見えた。人の出会いは大事なのが後々《のちのち》わかり、京子の生き方を変えていった。

（二）

初出勤の日、「おはようございます」と言って、八時半にドアを開けて入ると信号の男が机に座っていた。

机は五台あり自分の席がわからないので立っていると、「そこにかけて下さい。所長が九時に来ますから、それからにしましょう」と言った。「はい」と小さく言って腰掛けていると、重そうなカバンを提げて所長が入ってきた。カバンを受け取ろうと近寄って手を出そうとすると「ありがとう」と言って、そのまま大きな机の横においた。

所長は信号の男を指して、「これは、あきらといいます。息子です。この者が言った仕事をして下さい。主に記入するのが仕事です」「それから、十時に客が来るのでお茶を入れてくれますか」と言った。「かしこまりました」と言うと、所長はうれしそうな顔をした。

所長の元部下だった人が隣の部屋で仕事をしており、皆税理士であった。各自何軒もの会社の経理しており、十時に来た客はお得意先であった。

　客を入れて六人分のお茶を出した。「どうぞ」と一人一人に言って配った。客は今村器械の社長であった。お茶を一口飲んでから「なんと、おいしいですなぁ」と言った。その客のおいしいの言葉で私の立場が、〝えっ〟となり、「どのようにしていれましたか」の問いに他の者も一口飲み「うんー」と言った。

　私は「はあ？」と言って立っていると、所長が早く言って下さいと言う。仕方がないので極めて普通ですと言うと、

「強いて言えば？」と客の社長が聞くので、

「急須にお茶っぱを入れてお湯を入れてお茶の葉が開くまで少し待ちます。それからコップに注ぎます。もう一度お湯を入れた場合は逆から注ぎます。只お湯を入れて少し待つ時に、おいしいお茶が入りますようにと念じたり、瞬間ですがそう思うんです」

　何故、そう念じるのですかと又、客に聞かれ、「はい、どうでもいいわ、お茶を入れればいいわと思うとだめだと祖母が教えてくれたんです」

「ほう、すばらしい。社に帰ったら社員に教えます。あなたの知恵を盗んでいいですか」

と言った。京子は恐縮してしまってハンカチで額《ひたい》をふいたりしていた。そして、「ハイ、どうぞ、皆御存知のはずですが」と言うと、今村社長は「どこにでも学べることってちらばっていますね。ありがとう」と言ってうれしそうに笑っていた。その後会社の年度末の書類を整えて三十分位で帰って行った。そのあとで、所長は皆に、「今日からうちに事務方で来てくれることになった宗方京子さんだ。みなよろしくな」それから「宗方さん、私は神田といいます。向こう側から中川、隣が古川、横が宮本だ、私の横にいるのが息子の神田あきらです」と言った。

　息子が立って「父には皆所長と呼んでいますが、他は苗字で中川先生、古川先生、宮本先生と呼んでいます。私は名前で呼ばれていますが神田さんでもけっこうです」と言った。

「皆、先生と呼ばなくてもいい、パーマ屋も先生、政治家も、家庭教師もです。世の中先生だらけです。まあいいように呼んで下さい」と言った。京子も自己紹介した。

「私は、二十七歳です、宗方京子と申します。生まれは岡山県院の庄という所です」と言った。

　皆、そろって立ち上がり「よろしく」といって、各自の机へと移動していった。

「仕事はその都度言いますので、退屈しないようにして下さい」と所長が言った。

後片付けをして座っていると、信号の男が「帳面づけをして下さい」と言って伝票とリーフを持ってきた。「これ見本です。この様に書いて下さい」と言われた。昼の時間に、所長が「よく見れば宗方さん美人です」そして、「今日はよい役目をしてくれました。あの社長が笑顔で帰ったのは初めてです。ごくろうさん」と言った。思わず京子もニコニコして、「行き届きませんがよろしくお願いします」と言うと、横から、あきらさんが「助かったよな、父さん」所長も「うん」と言った。

このようにして神田税理事務所の仕事が始まった。年度末の書類の仕上げに次々と顧客が来た。大きな紙袋に書類一式を入れて「先生このまま置いときます」等々水商売のいわゆるドンブリ勘定の青色申告は碌々《ろくろく》出納長もつけてない個人経営もあり、その人達は「去年並みで頼んますわ」と言って、菓子折とビール券を置いて帰ったりした。

京子も最初は提出書類に印を押したり、表書きを書いたり雑用をこなしていた。一ヶ月過ぎた頃、ある土曜日に皆で食事会に行くことになり「宗方さん、土曜日夕方から参加出来ますか」

「はい、大丈夫です」

と言うと、あきら氏はすぐどこかに電話を入れて「六人で食事会しますから予約いけますか?」と言っていた。

お得意さんらしく気安く頼んでいた。それに、あきら氏はどこかうれしそうである。所長も、

「仕事ばかりが能ではありません、偶《たま》には皆で食事をします。おつきあい下さい」と言う。「はい!」と機嫌よく返事をした。

「アルコールは大丈夫ですか?」

「いえ、頂きません、もっぱら食べる方で」

「よかった。僕も父も飲めないんですよ」

なにがよかったのか、深く考えないようにした。京子は毎日同じ事をくり返した。朝、出勤すると両方の部屋を掃除した。先生方の机の上に白布がかかっており、次の日に白布をめくるとすぐ仕事にかかれるようにしてあった。床を掃いたり、応接セットをふいているとあきら氏が出勤してきた。続いて所長も相変わらず重そうなカバンを提げてきた。

それぞれがおはようを機嫌よく言った。すごい! 怒った顔を見たことがない。廊下にこの階のキッチンがある。ポットを持って湯《ゆ》を入れに行くと、三人の先生も次々と出勤してきた。九時に全員揃っていた、さすがに元税務署員だ。

皆、机に向かって自分の前の仕事を片付けていた。しゃべることもなく私は口に苔《こけ》が生えそうである。

静かにしていると所長が「宗方さんは前の職場をなぜやめたのか？」と聞いてきた。私は正直に言おうと思った。ごまかしても仕方がない。「三交替で水商売みたいに言う人が出てきたんです。朝出勤して夕方帰る仕事を探していた時、ここの前に事務員募集の貼り紙があるのを見つけたんです。私に出来るかどうかわからなかったんですが応募しました」

「誰でも出来ます」と所長は言った。

次の日、早く出てきたあきらさんは「昨日久しぶりに父が笑顔で話していてうれしかった。宗方さんの対応がよかったんでしょうね」「そうですか」とだけ言って、朝の雑用をして机に座っていると、あきら氏が、

「今日はこれとこれをして下さい。ゆっくりでいいですよ。それに、帳簿の字きれいに書けていきます」と言った。

「私は二十歳の時、事務員をしていました」

と言うと、

「じゃあ、経験者ですか」と言った。あきら氏はそれ以上のことは聞かなかった。も

うそろそろ所長以下三人の先生方も出勤してくるだろうと思ったのか、「おはよう」「おはよう」といって順番に出てきた。全員朝のあいさつが出来る。明るい職場だった。何の問題もないきれいな人間関係と思っていたら、三人の内の一人が所長にお父さんと呼んでいた。

古川さんだった。所長の娘の美奈子さんと結婚していることをずっと後で知った。

私は仕事と関係ないことに拘《かか》わらないのが信条である。

つっこまない方がよい自分に「忘れろ」と言ってきかせて、仕事の事をまず第一にしていこうと思った。

十一月の第四土曜日に夕方三時から日本橋三丁目にある料亭タカラという所に行った。

タクシー二台に乗り合わせて行った。所長はあいさつで「早めの忘年会を兼ねて宗方さんの歓迎会をします。男ばかりのむさくるしい職場ですけど、宗方さん頑張って下さい」と言った。

その後、続けて皆さん一言《ひとこと》ずつお願いしますと言うので、私は「まじめにお勤めします。よろしくお願いします」と言うと、本当に皆が短く一言ずつ言った。所長の息子のあきら氏は「宗方さんが来てくれて皆が明るくなったように思います。よろしくお願いします」とあいさつしていた。

「鍋物にしようと思ったけど、お膳にしました。何でも追加注文受けつけます」

乾杯をして皆だまってもくもくと食べていた。

所長が、「一人ずつ誰のことでもいいからもちろん、わしのことでもいいから長所を述べて下さい」と言う。

早速、中川先生は「あきらさんは偉いよ、怒った顔見たことないわな」と言った。

「家に帰ったら難しい顔してまんねん」と所長が言うと、皆軽く笑った。

十川先生が「いや、宗方さんと朝のあいさつをすると何と清々しいと思えて、楽しくなります」と言った。それを受けて宮本先生が「私もそう思うんや。邪気というか悪気というか、そんなの一切《いっさい》ないな」と言った。

「ほめて頂いたようで光栄です」と私が言うと、所長が「お茶をおいしく入れるのは人間性かな、いい人に来てもらってよかったです」と言った。

ビールを持って、三人の先生についでまわった。皆、社交辞令にたけており私の相手ではない。まともに聞かず、いい加減にしておいた。そのことを所長に見抜かれているとと直観したが、多分、皆もわかってのこと、昨日今日入ってきた女の子はほめるに限ると……。

そんな事は百も承知で逆に何かを仕掛けようかと思った。そして、ビールをついでまわった。

あきら氏は、素知らぬ顔で膳の上のカニと格闘していた。父の所長のカニを取って食べていた。私も所長もあきら氏も一滴も飲まずひたすらご馳走を頂いた。かなりな高級料理で舌がこえてしまう恐れがある。年に一度の食事会なら味は忘れるか。

二時間半でお開きになり各自バラバラで帰った。後からあきら氏が追いついてきて、送りますからと言うので「そうですか」と素直に言って、

「あきらさん、喫茶店どうですか」と言うと、

「賛成です。おいしい珈琲が飲みたいです」

「では、戒橋まで歩きますか」

「いいですよ」

「何か聞きたい事、ありますよね」

と言うと、

「そうですね、あるような無いような」といってはぐらかしていた。

戒橋にあんみつがおいしい喫茶店があり、そこへ行くと満席だった。仕方なく「難

波駅の二階の喫茶店」に行った。

「ホット、二つ」頼んで待っている時、

「ここの支払いは私がします」と言うと「いえいえ」と言うので私がおさそいしたので私が払いますと言ったら、

「じゃあ、遠慮なくおごってもらいます」

と言う。

「何か、聞きたい事があるでしょ」と言うと、
あきら氏は「あの食堂の男の人はどうなりましたか、こみいった話を偶然聞いてしまったので」と言った。

「あゝ、いやなところ見られたんですね。聞いてもらいます」

（三）

「あの日、あのレストランのゴムの木をはさんで隣の席におられましたか？」

と聞くと、あきら氏はうなずいて「そうだ」と言った。そして、私は得意先の方とコーヒーを飲んでいて、その人は先に帰ったので二杯目のコーヒーを頼んでいた時、宗方さんと目があって……と言った。

「恥ずかしい所を見られたんですね」

あきらさんに、

「あっ、あきらさんと呼んでいいですか？」

「ええ、構いません」

「ちょっと悔やしかったので連《つ》れを詰《なじ》っていたんです。私のお皿のエビフライを勝手に取って食べたから、そこでエビだけを二尾頼み、でも腹の虫が治まらなかったので、甘えないでよと言って怒っているのに、ニヤニヤしてまあええがなと言うので、勘定を払って先に帰ったんです。なんかしら子供みたいと思うと自分で自分に腹《はら》が立って、ヒステリーが起《おこ》るってこれかなとか少し反省しながら帰ったんです。

二、三年になりますがもう忘れました。履歴書を持ってお宅へ面接に行ったら、お宅《たく》がいてはって、えっ、と思ったんですが憶えてないだろうと思って」

「憶えていますよ、一緒に働くようになるとは思ってもみなくてびっくりしました」

「あの人は今は」

「大会社の社員さんです。多分、失敗をくり返しているだろうと思います。子供みたいと言った私の言葉にカチンときたみたいです。母親からもいつまでも子供ね、と言われていると前に言ってましたから」

「かわいそうに、トラウマでしたか、治すのむつかしいでしょうね」

「そうですね、すっかり忘れていました」

「外科で会いましたよね、怪我かなんかしたんですか」と聞くので、全部言っちゃおうと覚悟を決めてタクシーに乗って追突された時の話をした。

「所長にもお話ししましたが、前の仕事気にいってたんですよ、難波元町にあるビジネスホテルで電話の交換手をしていたんです。そこは歌舞伎座に出演している有名な歌手とかが長期で泊まっていたりしてそれはいいんだけど、でも仕事が三交替でB勤の時が昼三時から夜十一時なので引き継ぎして帰ると十二時前になるんです。そんな時は、タクシー券をもらって帰っていました。ある時タクシーに乗っていると、信号のところで他《ほか》のタクシーに追突されてね、どこも悪くないのに、示談屋が来て医者に行ってとしつこく言われ仕方なしに、あそこの外科に通っていたんです。

示談屋とは不思議なもの言いをしますよね。私がどんなに悪くないと言っても、相手のタクシー会社が払うよってにとことん医者に行って治してや、と言ったり運転手と一緒に私の部屋に来て封筒に入ったお金を渡しはるんですよ。いらないといってもこれは受け取ってくれな困《こま》りまんねん、とか言って八万円置いて、『この紙に印をくれ、これで終わるさかいな医者へは治るまで行ってや、医者への支払いは此方で全部しとくさかいな』と言って帰り、それきりその人等はこないのでホッとして、仕事は十日程休んで、又出勤していました。

母に『このお金どうしょう』と言ったら、返しに行く所もわからんのにもらっとけばと言われ、母は、

『多分、十万円出ているんやろ、その人が二万円かすめたんやろ、もう来ないわな、もし来たら警察に行ったらええがな』と言ったんです」

「所長さんに話しましたように、朝九時から夕方六時位までの仕事につきたかったんです」

あきらさんは、

「わかった。いやなこと思い出させて悪かった」と言った。そして、もう帰りましょうか。おうちまでお送りしますと言うので、

「いえ、けっこうです。そんな〝やわ〟でもないですから」と言うと、

「ほな駅まで」と言った。

そして、

「今度《こんど》、食事いきましょう」と言って誘われた。

「ありがとうございます」

「えっ、行ってくれるんですか？」

「はい、御一緒します。あまり高くない店がいいですけど」

「了解です」と、あきらさんはうれしそうな顔付きであった。

レシートを持って立ちあがると「僕が」と言うので「ごちそうさま」と言って、払ってもらうことにした。

難波から地下鉄に乗って岸の里駅でおりた。改札まで送ってきて「気をつけて」と言ってくれた。何となくうれしかった。その後、毎日が多忙で休みがなく、あきらさんは日曜出勤しているらしく出勤簿に印が押してあった。年明けて一月末頃あきらさ

んが申し訳なさそうに「今日、明日残業してくれますか?」と言うので「わかりました」と言うと、ニコッとして「助かります」と言った。

　書類封筒に各事業所の社名を書き申告書類を入れて封をしていった。「他に出来ることあれば言って下さい」と言うと、

「悪いけど、お茶を一杯」と言った。そして、「一人でやるよりはかどるし、宗方さんが残ってくれたんで元気が出ました」と言うのであった。

　九時を廻っており、近くまで送りますと言うあきらさんに「いいです」とは言わず、送ってもらった。明日も残業して下さいと言われて「いいですよ、頑張ります」と言った。

「なかなか、宗方さんと食事いけなくてすみません。二月になると片付きます。そして、三月から六月までが年度書類で忙しいんです。でも、日曜日は余程のことがない限り休みにしています」と言った。

　駅まで送ってもらって帰ったら葉書が来ていた。退職金振り込みましたからという知らせだった。前の会社のことは忘れていたので、うれしい。けど何故今までかかったのか、訳わからなかったけど、とにかく入金があるのはうれしい。会社が大きいからゆったりとした支払いなのか、又は、残っている人のうち誰かが退めたのかも知れ

ず、上村さんは広島出身と言っていたから、十年位働いていたから退職金の計算を要求したのか、その時、私の分がまだ支払われてないことに気付いてくれたのだろう。私は、そんなものないのだろうと思っていたから。ラッキーと言えばラッキーだ。

あきらさんは、次の日も送ってくれた。そして、言った。「こうして歩いていると人がみたら恋人同士に見えるでしょうか」と。

「さあ、人の見る目はどうでもいいんじゃあないでしょうか、あきらさんが私と歩いていてどう思うかです。ちなみに私は楽しいですよ」

「あっよかった。迷惑であったり、いやな思いをしていたらと思いまして」

「あのう、私をいつも送っているって所長はごぞんじでしょうか」と聞いてみた。

あきらさんは「うん」と言ってから、「父には、宗方さんに残業してもらったから近くまで送って行った」と報告していたんです。

父は「そうか」と言っただけです。

「私がこのごろ少し変わったと思ったらしく、新年会の後も、帰りが遅かったから、宗方さんを送っていったこと話しました。変な親子と思っていますか」とあきらさんは聞くので「仲がいいんですね」と聞くと、

「私は父を尊敬しています。母が早く亡くなったので私のこと大切に育ててくれまし

た。私が二十歳になった時点で父は税務署をやめて事務所を持ちました。向こうの部屋の三人は当時父の部下だった人達です。多分、三人とも個人事務所を持つと思います。私は大学へ行き乍ら父のもとでアルバイトをし、税の何たるかを学んだんです」

あきらさんの話はわかりやすかった。

よどみがないので納得できた、そして別れ際に今度どこかへ行きましょうかと言うので、「了解です」と言うと、あきらさんは「うん」と言ってうなずいていた。

一月の終わり頃、所長が「遅くなったけど新年会やるか」と言った。皆に聞きます、何日にしますかと聞いていた。第四土曜日がいいだろうと所長が言うとすぐ、「第四土曜日、宗方さん参加出来ますか」と真先《まっさき》に聞いた。私は大丈夫です、参加しますと言うと、向こうの部屋に聞いていた。十川さんだけ参加、他の二人は用事があると言っていた。

「お父さん、四人です」と言っていた。

所長は、皆に合う日にするのは大変だから、四人で行こうと言った。

あきらさんは前とは別の所に電話して予約を入れていた。そして、新年会の帰りも又送るよと言った。

「帰れます、大丈夫です」と私は言った。

「送りたいから」と言うので
「じゃあ、お願いします」

「いつだったか、行けなかった喫茶店に行きますか」

私は「そうですね、行ってみましょう」

〝ムレイ〟という喫茶店が戒橋筋千日《せんにち》よりにあった。ケーキもおいしいのでと言うと、

「まかせる」と言うので、

〝アメリカン二つとモンブラン二つ〟を頼んだ。ボックス席に差し向かいに座ると、心に誓った。この人に惚れてはならないと。

「空《す》いていてよかったな」とあきらさんは言った。マフラーをはずしてたたんでいた。

私は、只、わらっていた。此処《ここ》でなくてもどこでもいいのである。あきらさんと二人で話せたらと思っていたら……。

「宗方さんとゆっくり話したかった」と言った。

「私もです」

口をついて言葉がでた。

「よかった、迷惑かと思って顔色をみてた」

と正直に言った。

コーヒーとケーキが来た。男の人はケーキを食べないらしいけど、あきらさんは「うん、おいしいよ」と言った。

「ケーキを食べるのは十年ぶりくらいかな、バースデイケーキ、二十歳時から食べてないから」

パクパク食べていた。

言葉が少しずつ変わってきていた。まあいいか、この人は経営者だからと思ってアメリカンを飲んでいたら「宗方さんは食べないの」と聞くので「私のあげます」と言うと「ほな遠慮なく」と言って食べていた。

なんとも言えないあきらさんの幸せそうな顔を見ていると私もうれしくなった。

（四）

あきらさんの住《す》まいは天山通にあった。少し坂になっており、この道を抜けると帝塚山に通じていた。けっこうな家並みが続いていて、中程に「神田」という表札が出ていた。

さっき、あきらさんが私を呼びに来た。今からで悪いけど父が呼んでますので来てくれますかと言った。

本当は自分が来てほしいからとは言わなかった。言えなかったんだろうと察した。

「ここに来るのは勇気がいったでしょう」と言うと、「えっ、まあ、断《ことわ》られたらどうしようと考えて」と言った。

「断ったりしませんよ、あきらさんが迎えに来たんだから、この格好でいいですか」

「充分です、似合っています」と言ってくれた。わざわざ着替えていくのもどうかな、とりあえず来たという感じでいいか、着替えても大して変わりはないしと思って来てみたら大した住居だった。住《す》まいの大小で態度を変えたりするのは私の流儀には合わない。

玄関で所長が迎えてくれた、そして、所長は言った。

「夜分によく来てくれましたね」と。

「いえ、さっきも言ったんですけど、あきらさんが迎えに来て、多分勇気がいっただろうと思うのに、同行しないわけにはいかないから」と言うと、所長は、

「その考え、いいと思います。思いやりを感じますね」と言いながら客間に案内した。

あきらさんはコップにジュースを入れて持ってきた。

「すごい、格調高いグラスですね」

「いえ、古いだけです」

そして、私の顔を見て「こいつが、このところおちつきがないので、どうしたのかと聞くと、好きな人がいると言うんです。あなたのこと、いや宗方さんのこと、人間的にも好きだと言うんですわ。話し合いはまだしていない、なかなか言えないと言うので、宗方さんなら申し分《ぶん》ないがな、ほんまに好きなら今から来てもらえ、呼んでこいと言ったんです。そしたら、ほな呼んで来るわと言って飛びだしていったんですわ。私は、宗方さんを好きになるって、息子ながら見上げたものだと思っていたんです」

と言った。

そして、宗方さんが「迎えに来るの勇気いっただろう、同行しない訳にいかんと言ったその言葉にこの私も大変うれしく思っていますよ」

「でも、私のような中途半端な人間どうにもならんと思います。年も二十七歳です。又他に好きな人に出会うと思います。これだけの男の人はどこにでもいないですしね」

「ありがとうございます。息子のことほめてもらってね、宗方さんはどう思いますか」

「一緒に歩いていて楽しいですし、私は好いています」

あきらさんは横で拳をつきあげていた。

所長は出ていった。キッチンへ行ってお湯をわかしていた。

「あきらさん無理をしないでね。好きと結婚とは違うと思うから。私はこの家には合わないから、今なら引けますから」

「よくもまあ、そんな冷静でいられるよね」

「いえ、違いすぎるし」

二人で黙っていると、所長が入ってきた。そして言った。

「違いは大したことないですよ、とりたてて言う程でもない。世間にはこれ位の家はいくらでもゴロゴロしています」と所長は述べた。

「宗方さんなら、自分で自分を高めて、その違いを合わせていくことは可能と思います。いい方へいい方へ選択出来るでしょうね、見下げてしまったり、あなどったり軽蔑したりする人では決してない、そう私は見ています」

さらに続けて言ったことは、人として大切なことだった。

「人生において大事なことは選択です。あきらも貴方がどうでもよい人なら連れてこないでしょう。服を買うにも自分の好みでないとお金を払わないでしょう。男性でもそうですよ、その人がたまたま良家の子息《しそく》であろうとなかろうといいではないですか。あきらの責任ではない、出会ったのは二人の縁でしょうね。あきらはこのような父を持ち、この様な家に生まれた。家が気に入らんから断るというのは人間を別の所において考えているのかな、エゴに近いかな、否、哲学に近い」

「エゴですか、そういうところ多々あります」

と私は認めた。

「今日、夕方あきらと話をしていて、宗方さんが好きならこの家に来てもらわないかんので、今すぐ呼んでおいでと言ったんですよ。好きなら好きと宣言しとかんと前に進みませんから、橋の下がいいんですか、普通がいいんですか、どんなんが普通ですか」

「所長、もう本当によくわかりました。思うんですが、生活の質感が違うんです」

「それはどういう」

「クオリティが高い育ちと田舎もんの私では合うはずがないということですが、所長の先程の話からすると、決めつけていることになるかも知れません。所長の先程の話を人生の講義と受け止めさせて頂き、いい方向にいけるようあきらさんと相談したいと思います」

「よし！　了解です。このような物事の道理をよく理解出来る女性はきわめて稀《まれ》であるし、うちのあきらにとって、本当によかったと思います」

時計を見ると夜の十時をまわっていた。あきらさんが「送って行く」といって立ち上がった。

「失礼します」と言うと所長は、

「明日も来て下さい。天王寺で食事します」

と所長が言った。

「あきら、いいだろう」

「宗方さん、時間いけますか」

「ええ」と言うと、「じゃあ十一時にステーション前で」と言った。

あきらさんに送ってもらってアパートに帰って部屋をぐるりと見て笑った。あきらさんにお茶入れますと言うと、〝うん〟といって黙っていた。急に私を抱きしめて涙声で言った。「ありがとう、うれしかったよ」と言った。そしてさらにきつく抱き耳元で「必ず幸せにするからな」と言った。

言って欲しかった言葉がやっと出た。あきらさんの腕の中で唯、「うん、うん」とうなずくだけだった。

「帰るわ」と言うので、もう少しこうしていてよと言うと、又更に強く抱きしめて「離れたくないけど帰るね」と言って、帰って行った。

それにしても、あの家は部屋がいくつあるのかな、庭の木の手入れは誰がしているんかな、部屋の掃除は、無駄のかたまりのような家、結局はそれがいい家の象徴みたいなシンボルと言うのかな。

次の日は日曜日で、天王寺ステーションビルの前に立っていると所長と息子さんが来た。四階の和風料理店に入り所長の前にあきらさんと二人並んで座った。

「うん、あきらと宗方さんは似合っているよ。実にピッタリだよ」と言った。

「お父さん、もう分かったよ」

「そうか、うれしいなぁ、今日は食事のあとで宗方さんに洋服を買ってあげようと思っているんだよ、スーツを買いなさい。心配いりません。いろいろ身のまわりのものを」と、「いいえ、けっこうです。自分で買います。いつも粗末な身なりをして失礼しました」

あきらさんが「いいんだ、買わしとけば納得するから、うんといいもの頼めばいいよ、親孝行の一つと思って」

「もう困《こま》りましたね」と言いつつ、なんかしら家族になったようで、話の中にも安心感がただよってきてうれしかった。三人ともニコニコしていた。

いろいろ載った大きなお膳が来た。所長のおごりは豪華であった。

「あきら、さあ、食べるぞ。宗方さんもどんどん食べて、わしは本当にうれしくてたまらんのだよ、宗方さんありがとう」

「いただきます。私こそです。あきらさん所長さん、ありがとうございます」

和気あいあいの食事のあと三階の婦人服売場に行って、スーツを見た。数種の中からうすい水色のツーピースを試着して見せると、ぴったりだよ、似合っていると二人が揃ってほめた。

二万円だった。生地がよかったし着心地がよかった。直しをする必要がなく中肉中

た。

と言った。あきらさんは私の荷物を持った。自然であった。所長はそれを見て笑っ
「喜んでもらったら、それでいいんだよ」
「所長、いいんですか、ラッキーです」
背の私に〝おあつらえ向き〟だった。

「解散しよう」と言って所長はタクシー乗り場に並んだ。あきらさんが僕らコーヒー
飲みに行ってくるよといって歩きだした。
「本当にありがとうございました」と深々と頭を下げてあきらさんの後を追った。
昨夜から今日にかけて粗決《ほぼ》まってしまった私とあきらさんの結婚、実家の父母に何
の相談もしていなかった。
両親はまず反対はしないだろうと、私の思い通りになると思った。そのとおりで、
京子が気に入った人なら間違いなかろうと言ってくれた。次の日曜日に帰るから、詳
しい事はその時に話すねと言うと、父はもう現代的に進めたらよいから、日曜日に一
緒に帰ってくるようにと言った。
「父さん、母さんがそう言うのなら一緒に行くからな、名前は神田あきらさんと言う
人だから」

「そうか、それはよかった、よかった」とはずんだ声だった。

次の日、実家に一緒に行ってくれるように言うと、

「ちょっと恐《こわ》いけど、早く行ってあいさつした方がいいね。いずれ通るべき道やな、頑張るわな、そっちの親族に嫌われたらあかんな頑張るわ」

「予行練習せな、あがってしまうかな」

「行きあたりばったりが私流だから、そのまま堂々と」と言って励ました。

「早い方がいいかな、誰か間に立つ人が要ると父さんが言うんだ」

「どちらかの親戚とかで？」

「仲人ではなく、双方の意見を聞く人やで」

結局は成り行きでということになった。

（五）

実家にはあきらさんと二人で行った。大阪駅の売店で土産を五点買った。

門の前で、父母は立って待ってくれていた。私とあきらさんの姿を確認すると母は中に入って行った。首にタオルをかけて父は笑っており「よう来たのう、まあお入《はい》り」と言った。

門を入って、五、六メートルの所に家があった。

右側に植込みがあって左側に花と野菜が植えてあった。母屋は大きく納屋も二階建てで圧巻である。大阪から帰ると実家の大きさに嫌味を感じた。

「京ちゃん、お帰り！」おばさんが言った。母の妹が何か忙しそうにしていた。

あきらさんは多くの事務所さんの対応で人に慣れており物怖じせずに、私と一緒に中に入って客間に座った。

「京子さんのお父さん、お母さん、ごあいさつに来るのが遅れましてすみません。京子さんとの結婚のお願いにあがりました。神田あきらと言います。よろしくお願いします」

と言えば、父も母も手をついて、

「ふつつかな娘ですが、どうかよろしくお願いします」そして頭をあげて「このような田舎までよう来てくれました」

と、ていねいにあいさつをした。母は又「京子には何のしつけもしていません、よろしく導いて下さい」と言った。

「神田さん、足をくずして下さい」と言えばあきらは素直に、すぐヒザを組んでうれしそうな顔を両親に見せた。

「広いおうちですね。家の中でかけっこが出来ますね」と、世間話に花に咲き「家は広いだけで何もありませんわ、若者は皆都会に出ていきます。田舎は廃れるばかりです。いつでも遊びに来て下さい」と父が愛想よく言った。

遅《おそ》めの昼食のお膳が来て、十畳の客間で頂いていると京子の兄が来た。又あいさつした。

おばさんはもう一つ膳を作ってきた。あきらさんはめずらしそうに父とも兄とも話を会わせてニコニコしていた。

田舎はとにかくめんどうでやっかいだとあきらは感じていた。夕方、岡山駅まで兄が車で送ってくれた。

兄が、京子ちょっとと言って駐車場から歩きながら言うので、「あきらさん、パーラーに入ってコーヒーを注文しててくれる」と言うと「よっしゃ」といって中二階《ちゅうにかい》に上っていった。

兄は、式は大阪であげよ。両親とわしらは行くけど親戚は呼ぶな。そして、大《たい》して金は出せんけど少しは出すからと言った。

「わかった、全部自分でやるから」と言うと兄は「そうか、わかった」と安心顔になって「あの人は苦労人だ、そして京子を好いているし、人間的に優れている。いい人をみつけたな。大事にしろよ」と言った。

パーラーで座っているあきらさんに、兄が何を言ったかすべて伝えた。

「買いかぶりだよ」と言って額に手をあてていた。

「いい兄妹だな」と言った。兄はまだ他にも「母屋はお前とあきらさんにやる。いつでも大阪をひきあげていいぞ」と言った。

古くさい、しきたりの所へ帰る気は全くないと心を決《き》めて出たのに。

「あきらさん疲れたでしょ、兄が駅の売店で土産を買って帰れといって、お金くれたから〝キビダンゴ〟でも買って帰ろう」

「まっすぐ帰りますか」と聞くと「えっ」と言うので、泊まって倉敷でも見物に行きますかと聞くと、

「うーん、まかすわ」と言った。

「それって、ずるくないですか」

「いやいや、京子の領域だから」と言った。

「わかった。帰りましょ。大阪行きまだいっぱいあるから」と言った。

あきらはなにかを考えている顔だった。

「僕、あんな大きな家、見たことないし、中に入るのも初めて、圧倒されて」

「田舎は皆競って大きな家建てたり、税金対策大変だって言っていた。ずっと前にね」

いろんな話をしながら山陽電車に乗って帰った。あきらさんは私の田舎の人の事、何の感想も言わなかった。難波駅で別れた。私は地下鉄に乗って、あきらさんは高野線に乗って帰った。

余程疲れているのか改札口で見送っている私に笑顔もねぎらいもなかった。無理してでも笑顔で手をふるぐらい出来ないのかと、怒鳴りたい気持ちだった。

次の日曜日、朝から来るかと思えば来なかった。仕事では事務的に進めるだけだっ

た。毎日、同時刻に出勤して定時に帰った。

一ヶ月が過ぎた頃、朝出勤すると
「日曜日、うちに来てくれますか」とあきらさんが言った。

「いいえ、行きません」と言うと、

「えっ」といって、目を見開きおどろいていた。

「長い間の沈黙は何だったのか、もう嫌《きら》われたんだと思っていました」そして私は腹の中のこと叫んだ。

「考えます。急に声がかかって喜んで飛んで行くと思ったのですか。好きですが値打ちを下げたりしません。それは……。あなたにも悪いでしょ。思うようになる軽い人間では」

「あっ、そうですか。簡単ではないんですね」とあきらが言うと私も言う。

「ごめんなさい。強情ばりがでまして、あきらさんは西むけといえば、もういいと言うまで西むいている女性が好みですか。又、向こうむいたまゝ、辛抱強く待っている女性がいいのですか。それならお門《かど》ちがいです」

話していると所長が出勤してきた。次々と三人の先生方が朝のあいさつをしながら入ってきた。

京子はポットを持って出ていった。古川先生が水一ぱいくれるか、薬飲むからと言った。

「はい、どうぞ」と言って水を持って行くと、

「少し、風邪気味やねん。頭いたいねん」

と言い乍ら、ニコニコしてコップを返した。

「大事にして下さい」と言ってコップを受け取る、ただこれだけで気持ちがほぐれた。

雑用が終わり自分の前の仕事をこなしていった。

本来、事務員の仕事は、わが前をこなしてなんぼの身上である。チャラチャラすることではない。

慣れてしまって立場をはきちがえるといけないことに気がつき、下唇をかんだ。もちろん、さもしい品性に欠ける態度は私の流儀ではない。仕事は仕事と割り切ることが要る。余情にこだわらず取り計らう。

ある意味で許すこと相手の身になることが大人の女性のあり方と思えるようになった。ここ、二、三週で自分に目を向けること、私は私と、ある意味ひらき直ることが出来て成長したなと思っていた。

日曜日は呼ばれていたので朝九時半に部屋を出て、心を無にして行った。歩いて四

十分くらいかかり、坂道をヒールの靴をはいていくのは往生する。

呼び鈴を押しても出ないので入っていった。玄関であきらさんと出くわした。あきらさんは「いらっしゃい」といって和んだ顔になった。

「あがって！」

「はい、失礼します。客間ですか」と聞くと「うん」と言って前を行った。所長の声が廊下まで聞こえた。廊下から「こんにちは」と言うと、

「どうぞ、入ってや」と言った。

「失礼します」といって障子を開けると、座敷机をはさんで古川先生と奥さんが座っていた。

「古川の奥は、私の娘ですわ、いや、一切遠慮はいらんから」と言った。

それから、世間話に花が咲いたり、実家のこと聞かれたり、ひとしきり皆でしゃべりまくった後、式はいつあげるのかと聞かれ、

「あきらと京子さんで決める問題だけど、どう考えているか」と聞かれ、

「兄にも言われたんですが、大阪で今流行《はやり》のこぢんまりとした式にしたら」と。「私の勝手では決められんからと言ってあります」

「今、古川と話してたんやが、私もそれがいいと思う。大《たい》そうな親類があるわけない

し、式場で式あげて、親戚固《しんせきかた》めの膳についてて終《しま》いにしょうか、その手はずは古川夫婦にまかせてくれるか、あきらはどう思うねん」

「姉ちゃんにまかせてもいいけど、そんなん自分等で出来るで」

「いや、ヒマなもんにまかせておこう」

どんどん話が進んだ。あきらは私の顔を見て、

「どう、思うか」と言った。

「おまかせしましょう、お姉さまに、よかったわ」

具体的に調ってきてうれしかった。古川さんが、

「宗方さん、御縁ですね。うちのやつも、この前から喜びっぱなしで、早く会わせろと言ってね」

「ありがとうございます。ふつつかものですがよろしくお願いします」と言えば、

「私こそ本当にうれしい、気がききませんけど、ここのもん皆をよろしくお願いします」

と言われ、私は唯、笑っていたが、気を取り直して、

「承知しました」と言った。

「ホォー」と皆が言うので「他の言葉が浮かばなかったから」と言って我が身をま

もった。

結婚式は極めて簡素にということで決まり、住む所は自分らで決めると言うと、所長と一緒に此処に住んだらいいよと古川夫婦が言った。

お昼のお膳が届いた。豪華な膳だった。皆が黙々と膳に向《む》かって食べていると「何故、こんな豪華な膳にしたん」とあきらが言うと、「あほか、お前は今日は我が家のめでたい日なんやで、古川夫妻を呼んで家族固《かた》めの席についとんや。あきらと宗方さんのことで皆喜んでのことやからな」

「ほな父さん、僕ビール買ってこようか」

「今日は酒類はいらん、この次や」

「うん、ほな皆さんありがとう」京子も、「今日のこと一生忘れません」

「それでいいのや」

「父さん、ほな来週にでも、もう一回寄ってもらおうか、小さな儀式でも〝ぐちゃぐちゃ〟はあかんから」

「いい話で寄るのは度々《たびたび》でもいいがな、なあ」

と、古川が美奈の方を向いていった。

「あんた、忙しかったら来《こ》んでもいいさかい」

「いや、わしがおらんとあきらがやられるがな、お前に」と言った。

又、皆で大笑いした。

「来週は酒も出すよってに古川さんも是非来て下さい。他の二人も呼んでますから」

とうれしそうな顔で言った。

「古川、美奈子ほいでな、宗方さんが家に来た時のことだ。あきらが何かそわそわしているから、何かあったんかと聞くと好きな人がいると言うねんな。名前はと聞くと宗方さんやと言うんで、わしは大体わかっていたけどな、好きなら今から此処に連れてこいと言うたら、ヨシッと血相変えて飛び出して行ったんや、どうかなと思っていたら宗方さんが来た。その時、わしはよく来てくれましたね。と言うと、宗方さんは、あきらさんが迎えに来てるのに、来ない訳にいかないのでと言うんだ。そしてな、私を迎えにくるのに勇気が要っただろうからと宗方さんが言うたんや」

「わしはちょっと感動して涙が出たよ」

「お茶を飲みながらいろいろ話していた時、宗方さんは〝生涯、どんなことがあっても、あきらと一緒に生きていきます〟と言うんだ、ありがとう、宗方さん、あきらをよろしく頼むわ、どんな応援でもするさかいな……そんな話になってな」

「古川、美奈子どう思うか」

「もう、あきらが惚れて、お父さんが気に入ってるんやったら、うちら何も言うことないし、ね、あんた」

「所長、そうです、美奈の言ったとおりです。よかった、よかった。あきらよかったな、宗方さんよろしく」とそれぞれに言った。

そして、あきらに三味線と太鼓を持ってこいと言うと、所長みずからお膳を片付け始めた。廊下《ろうか》に出して並べた。席に座ってから宗方さん「うちは八尾《やお》の出《で》ですわ」と言った。又墓参りにつれていくさかいなと言って、八尾といえば河内音頭ですがな、美奈子踊れ、古川もあきらもな、と言った。太鼓を私《京子》の席の前に置いて、たたいてみないと言うので叩くと音が出た。田舎のお祭りの太鼓みたいですねと言って叩いた、所長は三味線の弾き語りをした。なんと愉快な家族なんだろう。♪♪あ、さては、この家の皆様方よ……ちょいと出ました私は……おみかけどおりの若輩もので……ヨーオーホイ……♪♪

本当に楽しいひと時をすごした。今日のことを憶えておこうと心に誓った。

二週間後の日曜日にすべての日取り、式次第が出来て、あきらさんが皆に発表した。司会は中川税理士さんに決まり、飲まれへんがな、こんな大役引き受けてとボヤいていた。すみません、ありがとうございますと言うと、いやいや、喜んでいますねん。

花嫁のこしらえ、その他は美奈子姉さん、岡山から来る親戚五人の扱いは宮本さんに、すべてお父さんの指図で、あきらさんの一世一代の結婚式を所長の声かかりで行うことになった。

今日は前祝いです。皆さん食べて飲んでさわいで下さい。河内音頭は今日はありませんのでと所長が言うと、「え、、ほんとに」と古川さんが言った。

「まあ、成り行きでな、中川にきいてくれ」

「もう、今から司会がはばをきかすか」

「婚礼もう始まっとんか、しゃあない」

皆、各自飲みながらおしゃべりしていた。

「やはり、〆《しめ》は河内音頭やな、美奈子さんの河内音頭みてから帰ろうか」

「宗方、よう見とけよ、その内やらされるさかいな」中川さんが言った。

「私は太鼓専門です、あきらさんが踊りますから」と言うと、

「よっしゃー」とその気になった。又お膳を片付けて宴会の〆《しめ》の河内音頭が始まった。

六人が踊った。楽しいうれしい婚約期間は忙しく、めまぐるしく過ぎていった。

（六）

結婚式は今流行の式場であげた。式場と宴会場・控の間をつかっても、人数も十二人なので料金は割安だった。兄が皆にあいさつをしてまわり、すぐ打ちとけていった。宴会の途中で、古川氏がムズムズしていた。司会の中川さんがさっしてか「今から神田家と宗方家全員による河内音頭といきます」と言った。

「花嫁の御実家の方もどうか輪に入って下さい」

あきらが岡山の父母、兄夫婦に「すみません」と謝っていた。兄は「では、手ほどきを」と言って立ち上がった。

所長の作詞の音頭で三十分以上廻っていた。

「あっ、楽しい結婚式じゃあね」と父母が喜んでいた。

一切が終わって、京子は疲れてしまって、ロクに皆にあいさつも出来なかった。あきらはずっと頭を下げていた。

司会が最後に新郎、新婦からごあいさつがありますと言った。二人で並んで皆の前に立って、「皆さんの真心あふれる式にして頂いてまことにありがとうございました。父さん、岡山のお父さんお母さん、多忙の中来て下さったお兄さん、そして美奈ちゃん、職場の皆様ありがとうございました。今晩から九州周遊の旅に行ってきます。ありがとうございました」二人で揃って頭を下げた。

京子の母が「京子、絶対にあきらさんの手を離したらいけんよ、一生」と言ったら、皆がドッと笑った。夜行寝台で長崎についた。

その日は雨の中、市内観光をし早めに夕食を食べた。明日からの日程を確認し、フロントの横で土産物を注文し、四日後に到着するように頼んだ。天草、熊本の阿蘇、それから博多へ廻り、あきらさんは疲れが出てしんどそうだった。口数が少なく京子も黙っていた。

それぞれに合った土産物を楽しく選んだ。

どこかしんどいのか心配して聞いても、「うん」、「いやぁ」とか言っている。楽しくないんですね。どうしますか？　帰りますか、とたずねると「もう、そんなに気をつかわなくてもいいやんか、黙っていても京子のことはよくわかるよ」と言った。

ああそうだった。恋人の延長でなくて新生活の始まりなんだ。黙ってついていこうと決めた。その日の夜は一緒の布団で寝た。黙って従っていた。良し悪しはわからなかったが夫婦としての一夜は熊本から始まった。

ここの旅館ではお父さんと、姉さん宅へ土産を直送した。その土地土地に名産があった。

古川さん宅には姉さんに馬革の財布と万十と古川さんに地酒を二本とか送った。夜は博多に行って、一日早いけどといって旅館に話して二日間博多の夜とかを楽しんだりした。言葉少なにした方が通じることが分かった。我が家の土産と税理士二名の土産を博多の旅館から直送した。帰ってからあいさつに行かなくてもいいやんね、といって直送したがあきらさんは、何か髙島屋で買ってあいさつはいるだろうと言う。「はい」と言っただけで、この人は案外きっちりしてけじめを大事にする人かと思いうれしかった。

福岡空港から伊丹空港まで飛行機で帰った。あきらさん、否、結婚したので主人と呼ぼう。

主人は何か心の奥で思っていることがあるのかもしれない。それは一体なんだろう。お父さんと別れて暮らすのがさみしいのかな、私が坂にある家に住めないと言った時からかな、でも結婚式は率先してすべて段取りをしてくれていたのに、何かあるなと思いつつも、新しい生活がとにかく始まった。

いつの間にかそんなこと忘れていた。新居は南海本線天下茶屋駅から十分の所に構えた。式の前に生活用品を次々と購入しては、荷物をほどかずに二階に上《あ》げてあり、時間をかけてきちんとした住いにしようと考えたり、けっこう楽しく至福の時をすごしていた。だが、私一人の家でない、夫に相談して一緒に考えなければいけない。

独断で決めたい気持ちを抑えて相談をした。案外とセンスがあり、文句のつけようがなく安堵した。旅行から帰ってすぐ次の日から出勤した。皆に迷惑かけているとか言って、朝十時頃出掛けていった。

留守に電話局が来たり、ガス屋さんがガステーブルをつけに来たり、案外多忙で疲れた。

近所があいさつに来てくれた。隣も三日前に入居したとの事、何かと仲良くお願いしますと言われた。よさそうな隣人でよかった。

あきらさんは、夕食後の食器洗いを手伝ってくれたり、はこんだりしている。私の仕事だからいいよといっても、十五、六歳からやっているといって洗い物は私より早く上手だった。

一ヶ月過ぎた頃、次の休みに父の所に行こうかと言った。私は「はい」とだけ言って、用事の内容も何も聞かなかった。とろけるような新婚の日々を送っている時に、主人の父から話があるとの事だった。

坂道を行きながらいったい何の話だろう。主人は心配顔をかくせなかった。「まあ、聞いてみんとわからんわな」と自分を納得させて主人と実家の門を入った。

勝手知ったる元我家なれば、座敷までをこんちはと言い乍らあがっていった。京子も久しぶりですといって入り、

「お元気そうで何よりです」といい乍ら座った。その時、父が怒り顔で言ったことは、「ちょっと待った。初めて親の家に来るのに手ぶらか」と言った。

主人も私もしまったという顔をした。父は言った。「うちには仏壇もあるし位牌もいくつかある。お供えを持って来るのが普通と思うよ。あきらが跡取りやさかいな、法事の事を教えとかないかん思ってな」

「父さん、ごめんな。何も考えんと上の空でこれからの生活のことばかり考えて」

「私なんです。所長ごめんなさい。行き届かんといっても程があります。すみません」

「いやぁー、あきらと別れてついさみしさからいきなりぶちまけて堪忍やで」と言って頭をかいていた。

あきらさんを可愛がっていたし、あきらさんも又、父さん父さんといって仲良かっ

た事を京子は百も承知である。だが、どこの親も子供が成長して飛び立ち幸福に暮らしていくのを、じっと見守るのが当たり前と思っていたのは間違いかも知れない。心配をしたい、常に顔を見せよと思っていたのかもわからない。仕事場で一緒なのに何か不満があるのか……。

「あのな、二人に話があるんや」と言った。

何の話かなと思ったが「はい」といって二人で座っていた。すると「言いにくい事なんやけど、あきらは薄々感付《かんづ》いていると思ってこの際話しておこうと思っている」と言って、お茶を入れに立って行った。

「私が入れます」といって京子が立って行くとあきらは棚から盆と水屋から湯のみを出して載せて机《テーブル》に置いて立っていた。

茶を入れて持ってゆき、三人ですすり乍ら「ありがとう」と所長が言った。

そして、所長が話しだしたことは、とんでもないことであり、あきらさんの出生に関《かか》わることであった。

「あきらの母は、あきらが五歳の時に私の後添えとして私の所に来てくれました。美奈子は小学三年の時です。弟が出来て美奈はとても喜んでいました。とても可愛くて利発な坊やでした。私は税務署に勤めており、三月、四月、五月は多忙で泊まり込みでした。文子は、あきらの母ですが、文子は美奈子のめんどうを見たり、勉強を教えたりとてもよくしてくれました。再婚して四年目に妊娠したと言うので楽しみにしていました。あきらは小一で美奈子は中一になっていました。みごもって六ヶ月経った頃、毎日毎日雨がふりつづき大きなお腹をかかえて買物に行き、坂道はとても辛いと嘆《なげ》いていたのを憶えています。傘をさすと荷物が持てないといって、男物の合羽を着て行っていると聞きました」

「夕方、下腹部がいたいといって救急車を自分で呼び、病院へ行った時には妻は気を失っていたと聞きました。子供達を連れて病院にかけつけた時は流産したとのこと、流れた児は仕方がなかったんだけど妻の様態が悪く会えませんでした。仕事を休んで毎日二人をつれて見舞いましたが意識不明のまゝで、遂に亡くなりました」

「もちろん、あきらは私の長男として育て教育をつけて、どこに出ても恥ずかしくないような子に育てたつもりです。私の跡をつぐといってあきらは税の勉強を始めました。憶えたら簡単な仕事ですから思い切って署を退めて個人事務所を持ちましたら、娘も手伝うといって来てくれまして、古川と仲良くなって一緒になりました。あきらもその後、手伝ってくれて、顧客が増えて又外の三人が署をやめて私の事務所で始めました」

「自分でする仕事は面白く、でも、あきらに苦労かけました。あきらが京子さんと結婚して出ていった時は、苦労かけた妻に〝もうこれくらいでいいか〟と仏壇の前で話しました」

「京子さんに〝坂はどうですか〟と聞いた時、今ごろ言ってずるいんですが、私の一番嫌いなものが三つあると、その一つが坂だと言いましたね。あと二つは何ですか、その時に聞きそびれてしまって」と所長は言った。

「はい、神社仏閣の石段石畳《たた》みと西陽のあたる部屋です」

「あっ、そうですか、そう言えば私もその三つは嫌いです。今思えばさっさとこんな家を売り払って、町中《まちなか》か田舎へ行けばよかったと後悔ばかりです。京子さんが坂は嫌いですと言ったので、あきらに結婚したらこの家から出るように言ったんですが、言葉たらずで誤解《ごかい》があったと思いました。そやから今日一緒に来てもらったんです。土産持って来いと言ったのは、あきらに礼儀を教えるためです。ここで育ったけど、もう出た人間やから区切りを付けなあかんから、私の子供でないから言っているのではない。常識を言っているんやで」

「父さん、悪かったよ。それは片隅にあったけど、逆も又、考えたんや」

「それはわかる、お前の考えていることは八〇パーセントわかるけど、わかっているからよいという問題なら警察も裁判も何もいらんわけや、口に出して言ってなんぼの大阪人やないか、だから、わかっているけど口に出して父さんは言うたんやで、世の中はそんなもんや、もし、京子さんの実家へ行っても、もう心の中まで分かっているゆうても、手土産の一つも持っていくやろ、そんないらんから手ぶらで来いといってもくれたもんはうれしいんやで、娘夫婦が来てな、こんなもんやけどまあ味みてやといって御近所に配《くば》るがな、情が丸出しの田舎も、大阪もあるかいな」

「勉強したわ、父さんありがとう」

「今日、美奈子夫婦も呼んであるから、財産分与について話すわな」

「それから、あきら、お前は全部知ってたやろ、母さんの死の真相を」

「うん、筋向かいのおじいちゃんが、母さんが亡くなって一ヶ月くらいした時に、ぼく、ようく聞け、お前の母さんは身重なのに両手にいっぱい買物して坂をあがっているでって、丈夫なものはなんでもないけど、ハァハァー言っていたからな。大雨の日にこけたんや、這《は》うようにして中に入って、救急車を呼んでな、買物してきた品物を近所でひろい集めて戸口に置いといたんやと。あの日の事、僕が学校から帰ったら父さんはもう帰っていて、美奈ちゃんも帰っていて三人で病院へ行った。意識がないと看護師が言っていた。

その辺のことは皆同じ情報やから、僕は母がいなくなったら、この家ではおいてもらえないのと違うかなとその事ばかり心配していた。父さんは私の頭をなでて『あきらしっかりせぇよ』と言った。

母がなくなってから僕はおさんどんをしようと思った。お父さんも美奈ちゃんも帰りが遅いから、ごはんを炊いておにぎりを作っておかずものせて二人分作って僕は寝た。

朝、おきたら誰も食べてないので弁当に持っていって昼食べた。又、夜二人分のおにぎりを作ってお皿を二つにしてテーブルの上に載せておいて僕は寝た。明くる日、おにぎりがないので食べてくれたんやと思って、パンを食べて学校に行った。次の日も、次の日も電気釜でごはんを炊いて二人分のおにぎりを用意した。十日位たった時美奈ちゃんが夕方帰って来て『あきら、手伝うわ』と言った。美奈ちゃんは勉強してと言うと、勉強はどうでもよいわ、と言っておにぎりどうやって作るのか教えてと言った。何故か涙が出てきた。

それから美奈ちゃんは早く帰るようになって、美奈ちゃんが料理の勉強しようやと言って本買ってきて二人でお父さんの晩ごはんを作った。毎日が楽しかった。僕が大学二年の時、美奈ちゃんと古川先生が結婚した。美奈ちゃんは『あきらのおにぎりおいしかったで、元気出たさかいな、明日から父さんのこと頼むわ』と言った」

「そうか、あきら、ありがとうな。美奈子を立ち直らせたんはあきらだったんか、さすが神田家の跡取りやがな、頭があがらんわ」

あきらさんは照れくさがっていた。

「何と素敵な家族なんでしょうか。それで皆、明るいんですね」

そこに美奈子さん古川さんが来た。お弁当とお茶菓子を提げていた。

「あきら、お茶入れて、弁当食べようか」と言った。京子が「私が」といって台所に走っていった。

五人で弁当を頂き乍ら、美奈子が、

「お父さん、今日は何かくれるん、お金とか」と言った。

「わしは、ええ人に恵まれたわ、京子さんといい、古川といい、ありがたい！」

「そんなんはわかってるやんか。何の話で呼ばれたのかと聞いてるやん」と言った。

「まあ、待て。食べたら向こうの仏間に行こう」

と所長が言った。何となく老けて年取って見えた。

（七）

仏間には六畳と廊下と掃き出し窓があり、明るくて電気がいらなかった。あきらは学生時代はほとんどこの部屋で勉強していた。夏は涼しく、大きな石が配置よく置いてあり落ちつける場所だった。

父の後に従って仏壇に向かって、父の合掌の合図で一斉に手を合わせた。父は仏壇の横の違《ちが》い棚から書類袋を出して一つはあきらに一つは古川さんに渡した。

「この家を処分して出ていこうと思うねん」

と父が言った。「父さん理由があるんやろ」とあきらが言うと、

「長い話になるけど、この仏壇には二人の妻がねむっている。美奈子の母である静枝とあきらの母である文子だ。静枝も、いつも言っていた。坂はいらんと言うんや、そして、どんな狭い部屋でもよいからと常に言っていた。少し肥えていたし余計にしんどかったんやろか。私は、朝と夜の往復だが生活しているもんはそうかも知れんと思った。それはずっと後の事だけど。この家に何の不足があるのかと思ったが、美奈

子をつれて出ていきよったんや。何とか説得してつれて帰ったんだけど一旦出たもんを連れて帰っても、只もう家の用事させるだけだった。外食にも連れていかず、やさしい言葉もかけてやらず私は唯々仕事の毎日だった」

「美奈をつれて実家に帰ったり、連れ戻したりしているうちに別居するといい出してな、阿倍野にアパート借りて住みよりましたわ」

「金を渡さなあかん思って、昼休みにタクシーで訪ねました。ノックしても返事がないので〝静枝いるか〟と呼びかけてドアを開けましたんや、そしたら若い男の人と抱き合っていて、あんた何の用事やと言うんで金を持ってきたと言うと、ふぅんと言いよって、その内、男は服を着て出て行ったんや。静枝は唯ワーワー泣いていました。今の事許すから帰ってこいと言うと、美奈子を連れて帰ってきましたわ、半年くらい主婦らしい事していまして、うれしかったんですわ。その内、やはり居心地が悪いのか美奈を置いて出て行きました。美奈は小学校六年くらいになっており、家事一切をしてくれるお手伝いさんを通いで雇いました」

「私のいない時間に美奈に会いにきたのか、お手伝いさんの言うには、女の人が来てここは私の家だからといって勝手に中に入ろうとしているので、追い払ったと言ってました」

「玄関先で美奈の帰りを待っていたらしいけど、塾に行っていると言うとお手伝いにお金を寄こせと言ったらしいんです。しっかりしたお手伝いさんだったんですわ、警察を呼ぶと言うと帰ったと言ってました」

「それから、静枝の実家から静枝が亡くなったと言ってきました。どの様な死だったのか聞いても言ってくれず、お骨壺と位牌を持ってきました。長吉に墓作って入れてます」

「亡くなったもんには何もいえませんよってにね」

「そして、よく考えたら皆な坂のが故の不幸です。あきらの母は坂の事は何も言いませんが、先日、京子さんにこの家に住めますか、と聞いた時、私の嫌いなものが三つある。その一番が坂道だと、たまに通るのはどうも思いませんが、毎日の生活は頂けません」と言った。

「あきらに残そうと思った家のことで、京子さんはいともあっさりと坂道は嫌いですと言い放った。はっきりしていて気持ちがいいです。ここであきらと住むように言えば、この結婚は辞退しますと言いかねない雰囲気がありました。若い人はいいな、考えをきちんと示してと思いました。うらやましいのと腹が立つのと半々でしたが、考えてみると、静枝も、文子もこの家の犠牲だったと思ったんで、私の頭脳がまだまともなうちにきちんとしようと思ったんです」

「あきら、どう思うか」

「僕は、何とも言えんよ。父さんわかってるやろ」

「あきらも、あきらの母も美奈子を大事にしてくれた。このわしにも一生懸命に尽くしてくれた。第一戸籍に入っているがな」と言った。

「父さんは最高の父さんだよ、分け隔てなく育ててもらった。京子がもしいいと言ってたらこの家で住まわせてもらおうと思った。でも一旦は出よう、いつでも飛んでくる、そして責任は持つという心でおります。財産権は一円もいりません。幸せになって恩返しは必ずします」と話した。

美奈子はだまって古川先生の横に座っていたが、

「あきら、まあお父さんの話を聞こうか」

「うん、そうやな」

父は話し出した。「あきらの家の近くのワンルームマンションが建っているのを申し込んだんや。年寄の一人暮しにちょうどいいし、天下茶屋駅にも五分ぐらいだから」

そして「この家は売ることにした。年取ったら少しの坂でも息苦しいんでな、身重の文子の事をわかってやらんで心から悔いとるんやがな。我が事に置きかえる余裕が出てきて、この前カゼ気味で横になっている時決めたんや。この家を処分して駅に近いところを探そうと思ったら、広告に出ていたので調べたら、買えない金額でないので、契約してきた」と。

「あきらの家と多少近いので、二階の一番手前や、出来上がったら内装をきちんとしようと思って、それで、身元保証人がいるんだって、美奈子にするのがいいのか、古い人間やさかい筋を通したらいいと思って、あきらにしようと思った」

「喜んで」とあきらは京子の顔を見て言った。京子もうなずいて「近くに来てくるのとてもうれしいです」

美奈子は何も発言しなかった。おそらくは知っていたのだろう。新築した時にお金を出してもらっているかも知れないとあきらは思ったが、二人は純然たる親子である。どのようなやりとりがあろうとも何も言う権利はないし、言う気もないとあきらは考えていた。

只、あるのは恩と責任のようなものであり、上《うわ》べには見えないけど思いやる心で終生接していくべきだと考えていた。

京子という伴侶が出来たことで何があっても平気だった。

その時、父がその封筒を見てくれと言った。あきらは「はい」といって開けた。小切手と権利書が入っていた。

「父さん、これ僕の家の権利書やんか。多額の小切手も、どうしたん？」

「今はまだボケてへんさかい。一ヶ月くらいかけて古川とあきらとに公平に渡しておくから。あの時は静枝の保険金とその後に文子の死亡保険金とを受けとって、いずれ必要な時がくると思って、大手電気会社の社債を買っておいたんや。何度も書きかえて増やしていったけど、まあその程度や。税務処理は出来ているから、あきらが思うようにしろや」

そして、親とはこんなものかと思った。

「古川も、美奈も同じようにしてあるから、あと、どうするかはそれぞれの判断だからな、古川のローンも後入れしといたさかい、ゼロになる」

「所長、すんません。何といって礼を言ったらいいんか……」

「あきら夫婦の相談相手になったってや」

「お父さん、もう死ぬようなこと言わんといて」と美奈子は言った。二人に渡せるもんがあって満足やと父は平然と言った。

「あと、京子さんのことで確認したいことがある。京子さんはうちの事務所に来る前

にあきらに会ったと言ったけど、出来すぎていると思ってない」と言うと美奈子は
「お父さん今ごろ何のいちゃもんつけてるん」と言った。

「あきらに、なんくせつけてるようなもんやで」

「いいや、なんくせでも言いがかりでもあれへん」

なり行きを聞かせてもらいたいんやと言うので、あきらが「僕が話すよ」と言った。

「あきらに聞いてへん。京子さんみたいな女性にどこで会ったんかなと思って、もし他の女性なら坂の家は住めないと言わなんだと思うし、三人目の犠牲になっていたかわからんな、京子さんやからわしもこの家と別れることが出来たんだよ。つまり、二人の女が使わしたというか、あきらを救う役目をしたのだろうと考えたんだ」

なんと深く考えたんだろう。涙をふきつつ京子は、居住まいを正して言った。

「所長、本当に申し訳ありません。大切な邸宅を売り払うはめになって、そこまで私の言ったことが影響があったんですか？」

「いや、家なんて住む人の心音があって初めて生きてくるんやと思います。一切責めたりとがめたりしている訳ではありませんから、京子さんを責めたら、あきらにも美奈にも叱られます」

それではと言って座り直した京子は、

「了解しました。一からすべて聞いて下さい。主人と一番初めに会ったのは玉出商店街にある喫茶です。ゴムの木を狭んで隣のテーブルで、元同じ会社につとめていた知り合いとエビフライ定食を食べていました。その知り合いは、私のエビフライを食べ始めた時、私のを食べないでよ（第一、一緒に座っている女性のもの食べるでしょうか?）といって少し大きめの声で叱りました。相手はしれっとして平気な顔して、一尾くらいくれてもええやんかと言うので、私は更に腹を立てて、黙って取るのがおかしいと言うと、追加をたのめばいいだろうと言うのです。仕方なく店の人を呼んで、もう一《ひと》セット頼んでいる時あきらさんと目が合ったのです。同席の人はすでにおらず一人でコーヒーを味わっていました。恥ずかしい場面を見られ、その後私は店を出て相手にあんた子供みたいねと言うと、すごい悲しそうな顔していました。〝わたしを、もう食事には誘わないで、まあこれっきりです〟と言いました。それからしばらくして十日位して、玉出の信号を渡っている時に書類をパラパラ落とす人がいて、私もひろうのを少し手伝って、信号を渡り銀行に入りました。三時ぎりぎりでしたので、出てくる時は通用口でした。そこに、あきらさんは立っていて〝さっきはありがとう〟と言うので、〝いいえ〟とだけいって公設市場に入っていきました」

「その次あきらさんに会ったのは医者の待合室でした。あきらさんは憶えていて軽く

〝ああ〟と言っていました。知り合いではないので言葉を交わすことなく一週間たち、またそこの医者に行ったら帰りがけに会いました。こんなに何回も偶然があるだろうか、と思いました。その時は、行っている会社をやめようと思っていたので、それが悩みとなり暗い顔をしていたと思います。私は難波元町にあるビジネスホテルの電話の交換手をしていまして、どうしても交代の人がなかなかこない時は、帰る時間も遅くなり、嫌になっていたのです。結局、社長が止めるのもふり切って退社しました。普通の事務の仕事を探そうと思っていた時、神田税務事務所の前を通った時募集の貼り紙を見ました。私はその道を通るのは初めてでした。思い切って電話をして次の日面接に行ったら、あきらさんがいました。ああ会いたい人に会えたと思いましたが黙っていました。何度も会ううちに又どこかでお目《め》にかかれるかなと思っていましたら、知らん顔が出来ないような会い方でした。履歴書を渡してお願いします、と言いました。あきらさんも初めての扱いをしました。その後、所長が来られ、それからのことは御存知の通りです」

「なる程、奇遇ですね。誰がセットした訳でなく、ごく自然に会ったんですか？　運命と言えば言いすぎだけど、そうなると決まっている身の上だったんだな。美奈子どう思うたか？」

「私らみんなこの家に縁があったんよ多分。父さんがさっき言ったように、亡くなったお母さん二人が、あきらのために京子さんを寄越したんや、正しく物が言える京子さんと姉妹になれて、喜んでいるんやで。ついでに一つだけ頼みたいことがあるねん。私と古川と和哉を京子さんの実家に連れてくれへん」

「遅くなってすみません。いつでも行きましょう。マイクロバス頼めば皆一緒に行けます。荷物を持たなくていいし、あちこち見ながら家族旅行で、タクシー会社が運転手つきで予約出来ます。両親が喜びますし、備前焼のかま元は兄嫁の親戚です。一泊で私が招待します」と言えば、

「それは割勘で、大阪人の慣習というか、決まりやんか」と古川氏が言った。

「ええ話になってきたがな。大原美術館も入れといてや」と父が言った。

六人の日程が合う日がなかった。誰かが無理をせんなんからと言って、家族の夏休みに入ってから、金曜日と土曜日に決まった。

兄嫁は佐代子と言った。夜電話して大体のこと話すと佐代子は喜んでまかせときと言った。そういう段取りは心得ている人である。

何日の何時に何人が行くとだけ言えばよいのであった。

（八）

財産分与は父の意向と決断で、誰にも有無《うむ》を言わせない、公平で何ら片寄ったところがなかった。

「僕はもらえないよなぁ」と、あきらは帰ってからも何度か言っていた。

「こんなんもらわんでも生涯父のことを大切にしていくのに」とつぶやいていた。

「私の口はさむことではない」と京子は言った。実際身の程を知らぬ人間であってはならないし、主人の父は私の父であるし、言ってはならないこと、言ってもいいこと、考えて言っていくことを心に決めていた。

あの席で父の言ったことはもう一つあった。

「生みの父を捜さんでもいいんか？」と。

あきらはきっぱりと「父さんが本当の父です」

まだ幼《おさな》かった自分と母を抛《ほう》り出す人は人間ではない鬼です。残酷な人ですと言うと、黙って下を向いていたあきらに「もういい！」と言った。

京子という妻と会えたのは、正《まさ》しく父のおかげと何度も我が心に言いきかせた。父から受けとった書類袋はそのままタンスの一番上の引き出しに入れた。

「お茶づけにでもしましょう」と京子は台所に立つと、あきらは、

「否、今日は外食に行こう。難波に出ようや。偶《たま》には洋食レストランに行こう」と言う。

普段着の少しましな格好だったから、すぐ家を出て、南海電車に乗り難波に行った。心斎橋まで黙って歩いた。コスモポリタンの地下に入った。ステーキ定食を注文して、やっとあきらさんが口を開いた。

「これからは、ちょくちょく外食しようか、生活きりつめんでもええから……」と言った。

少し考え方が違ってきたような気がしていた。無駄遣いしてもよいということではないと受けとめた。楽しみを作ろう、二人の生活を楽しもうという意味に取った。

「うん、そうやねえ」と言って賛成の顔を向けたら、いつもの顔に戻っていた。そこを出て虹の街に行った。パーラーに入って珈琲とケーキを食べた。商店を見ながら、あきらさんが言った。

「カバンを買ってあげようか」と、

「あるけど、ポシェット風の買ってくれる?」
三軒ほどカバン店を見て、少し高いけど気に入ったもの見つけて、「これ、いいかな」と聞くと、「良《よ》さそうなのを見つけたな」といって、お金を払っていた。この人から初めて頂いた。外に出てお礼を言うと、うんうんとうなずいていた。

難波駅まで歩いて、南海電車に乗って帰宅した。主人は、何か言いたいことがあるんかしら、帰ってからも何かしら考えているらしく、絶対に私の方からは聞かないと決めていた。

二、三日たってから、ちょっと話したいことがあると言った。夕食後、居間の机に座って、「何?」と聞いた。

主人は思い切って話し出した。

「この前、父さんが本当の父親を捜《さが》さなくてもいいんか、と言われた時、どきっとしたんや、以前に少し考えたことあったからな、所在を捜し求めるのは悪いことかな、京子はどう思う?」

「実の親を知る権利はあると思う。多分もう六十歳は超えているんとちゃう。亡くなっているかもわからないし、ひょっとして兄弟とかいるかも知れんしな」

「急に会いたいと思い出し、これは今まで育ててくれた父に対して裏切り行為になると思えば、しらないうちに下向いて歩いていたり、仕事まちがえたり、この前父さんがあきらどうしたんや、どこかしんどいのかと聞かれて返事出来なかった」

私《京子》から見ても悩みをかかえているように見えた。でも、今、私に話したことで少し軽くなったんだろう。あきらの父は、もうすでに調べているかわからん、多分、あきらが捜し出して名乗り出ても大勢に変化はおこらないと思って、実の父親を捜さなくていいのかと、あの時言ったのだろう。他人にわからないように隠して行方を知る方法を以前テレビで放映していたことを思い出して、あきらに言って見たところ、

「その方法で考えてみよう。父さんに悪いけど」と言った。

次の日曜日に調査員と会うことになった。

言われた書類を持って本町の会社をたずねた。一時間の話し合いですべてを話し、誰にも知られず知らせてくれる手筈が整《ととの》った。

「何か、父さんに悪いことしているみたいで気がとがめるな」と言った。

京子は言った。

「それでも、今しておかないと後悔するよ、自分のためだし、誰の子、今の父親の子、否、違う育ての親を父といっても、母と父に愛されて生まれて、尊敬出来る出来ない、

決着がつくやんか、お父さんはそれを思って言ったんやで、いい結果を願うし、どんな生父でも、もし困っていたら陰からそっと温かい目で見守ることが出来るし」

「京子、ありがとう、自分も今そのような事考えていた。少し気持ちが落ちついたから、月曜日から又しっかり仕事するわ」と言った。次へのステップに立った。

日曜日に調査員と会った。何か悪いことしているみたいで、こそこそしていた。調査員は女の人で多分五十歳くらいの人と思った。

最初に約束事を決めましょうと言った。やはり慣れており話しやすかった。秘密を守るのが第一条件で、調査の結果は家に電話してきて会うことになった。電話のベルが二回鳴って、次に三回以上鳴ったら淀屋橋の手前のビルの二階の二〇三号室に来て下さいと言った。手付金五万円を渡してその日は別れた。

御堂筋に出て難波まで歩いた。あきらさんは一言もしゃべらなかった。髙島屋の七階の食堂でコーヒーを頼み、やっと一息ついた。

「大丈夫?」と聞くと、あきらは返事をせず配られてきたコーヒーをすすり「うん、大丈夫や」と言った。

あきらは考えていた。多分、京子と結婚して育ての父の家を出て、一国一城とはいかんけど、世帯を持った時以上に大変な事に遭遇するような気がしていた。こんなに悩むのであれば、神田の父に先ず話してから、行方捜しの調査員に会えばよかったかな。不安は尽きず、考え事ばかりの日を過ごしていた。そして、申し込んでから二週間を経た頃、電話がかかり、お捜しの方の件で詳細がわかりましたのでいつでもお越し下さいと言ってきた。

あきらはドキドキして、調べなければよかったと何回も思った。と同時に二十五年位の間大切に育ててくれた神田の父に申し訳なさと感謝の気持ちがこみあげて来て「ちょっと外に出てくる」と言って、夕飯を作っている京子の顔を見ずに飛び出した。

母に連れられて、神田の父の家に入った時まだ幼かったが勉強出来る部屋を与えてくれて、何故かホッとした事を憶えている。その日から自分に出来ることをしようと思った。そして、この新しい父に絶対反抗しないと子供心に誓った日のことが、まざまざと心に浮かんだ。それなのに、神田の父に内密に自分を捨てた父を捜そうと企てた自分を、なんと浅はかで思慮のないと思った時、何て愚かな自分なのか、道を歩きながら、決意がかたまった。神田の父と一緒に行って聞かなければ罰が当たると思った。

すぐ引き返して、京子に「神田の父の家に一緒に行ってくれ」と言った。京子は「そう言うだろうと思っていたわ」と言うと、じっと顔を見た。「今から、父の家に行こう」と言うと、京子は「はい」と言って立った。

父は、坂の家を処分して天下茶屋駅の東に立つマンションに住んでいた。

二人がいくと、「どうしたんだ」と父が言った。

泣きながら「父さん、ごめん」といって、「相談せずに、僕を捨てた父はどんな顔をしてどこに居るんやろうと思って、捜したら、見つかったらしい。そしたら急に父さんに相談もせず、内緒で頼んで。見つかったと知らせてきた」

「あきら、それでいいんやがな、人間らしいと思うよ、会う会わんは別にして結婚を機に捜してみようと思った。妻子を省る気があれば、もうとっくに親の方から捜しているはずやから、それにその人がどんな境遇の生き方をしたか、今が幸せなのか、そのへんだけでも、お前には知る権利があるがな、父さんに遠慮は一切いらんから、話を聞くだけでも行ってこいよ」と言った。

さみしさを感じたと思うけど血は水よりも濃いというから、育ての親としては反対は出来ないわと思ったに違いない、京子は唯唯、口をつぐんで黙っていた。

父のマンションを出て、二人で黙って歩いて帰った。京子は、こんなにも悩む人だったのかと思ったが、あきらの優しさの表れであると感じた。

奥底で深く感じた時に、表に出て隠すことが出来ず周囲の者に心配かけたり顔に出すタイプだった。

捜索会社の人と会う前に淀屋橋のビル街でコーヒーを飲み、時間になったので意を決して前に行った場所に入った。書類を机の上に広げ係の人が待機していた。

此方が硬くなり怖がっているように見えたのか、楽にして掛けて下さいと言った。

「お捜しの人は神戸市に住んでいました。今は入院しています。住居はそのままで、これがその写真です。あなたはこの人のお子さんですか、生きてお会い出来ますよ。よく似ています。会う手はずは私がつけさせてもらってもいいですよ。ずっと一人だったみたいです。ずい分お捜《さが》しだったようです」

「そうですか、ありがとうございます。会って、何故生き別れになったのか聞きたいです。それがどうしてもわからないので、体の中に小さな空白が現れたり消えたりしていました。息のあるうちに、入院している病院にいって会えるように準備して下さい。妻と共に行きます」

「承知しました。早い方がよいかも知れませんので明日、早速行って調べてきます。又、電話をします」と言って調査員は今日までの費用五万五千円ですといって明細書を見せた。

手付金五万円を渡してあるので十万五千円今まで掛かったことになる。こうして説明を聞いているのもすべて金である。

自分ではできない秘密の人捜しは安くはない。父と会うのも病院も家も判ったので自分ですれば交通費だけで済むのはわかっていたが、最後まで調査員の役目を果たしてもらった方がよいと判断した。

あきらは次第に平静を取り戻し、おだやかになっていった。

次の日、電話がかかってきて、水曜日の夕方五時に病院内の家族談話室を使用して会うことが決まりましたと言ってきた。

医者か看護婦が立ち会うとの事、それは患者が刺激をうけて感情が高ぶり容態が急変しかねないからとのことだった。

「それで結構です。よろしくお願いします」と言うあきらは落ち着いていた。

京子は「あなたよかったですね。私も行ってもいいですか」と言うと、しばらく考えていて「一緒に行こう。最初会うのは僕だけかも知れんけど、是非紹介したいと申し込んでおくからね、頼むよ」

「うん、少しおしゃれしてピシッとして行くわね、神戸だもの大阪とは違うわよね」

「多分、何回も会うことになるかもね。見通しが立って心配だけどうれしいよ」

「一度会ってから父さんに話そうと思う、何故母と僕を捨てたのか、なにか訳があるのか、多分僕はもう何を聞いても怒《おこ》らないし、相手は年をとっており、病《や》んでいるとなれば弱者的であり素直に聞けると思う。その全てを父さんに話すつもりだ。京子が証人だよ、ありのままを父さんに言ってなかったら、違うといってくれるか」

「わかったわかった」と京子は言いながら、あきらが段々背筋が真直《まっすぐ》になっていくのがわかり、出会った頃の明るさを取り戻しているのがうれしくなった。

水曜日は午前中で仕事を終《しま》い、二人で神戸へと向かった。昨夜、父のマンションに行って明日は午前中で終えて、行方のわかった実の父らしい人と会うと報告しておいた。

「今のあきらなら大丈夫だ。向こうも顔を見て安心するだろう」

そう言ってくれた。さみしい父の胸中は、あきらにはわかるはずもないが。三ノ宮で京子と軽い昼食をとった。喉をとおらない意味をあきらは初めて味わった。

「病床の〝実の親〟かもわからない人が心配するから、やつれた顔を見せたらあかんよ。ちゃんと食事をとって元気な顔を見せて、喜ばせてあげんと」と京子が言うと、

「こうなると僕はあかんな。ここまで来て半々の気持ちや」と言った。

そうかもわからんし、それが人間かなと京子は思った。四時半に病院の待合室で待っていると調査員の吉川氏が現れて、今看護婦が家族談話室に連れて来られます。

私達も行きましょうと言われて、京子と手をつないで後について行った。

部屋には看護婦二名と病人がベッドに起きあがって座っていた。

「僕は神田あきらです」と言って頭を下げると、

「このような格好ですまない。よく決心して捜し、ここに来てくれたことは本当にうれしい。顔見ただけでわかる。ありがとう」と言って頭を下げて、顔にタオルを当てていた。

肩をふるわせていた。

「病気はどんな具合ですか。この前結婚したばかりの妻も来ているので、一緒に話させてもらっていいでしょうか？　看護婦さん、かまいませんか？」

「大丈夫です」と看護婦はあっさりと言った。

「あ、、会いたいね、美人かい」と実父は言った。

「とびっきりの美人だよ、頭もいいし」といって打ちとけた会話をした。

京子を呼ぶため出ていく時、ふと血を分けた父とは不思議なものだと思った。初めて会ったのに丁寧語は必要ないのか、礼儀もいらないんだと感じた。

京子は、頭を下げながら入ってきた。実父は、又タオルで顔をふきながら、京子を見て「本当だな、きれいで賢《かし》こそうな嫁だね」と言って「お名前は？」と言った。

「京子と言います。お会い出来てよかったです」

そして、「お父さんは」と聞いていた。

「この次、一緒に来るよ」といい乍ら、看護婦に、あと何分ぐらい話せますかとあきらが聞いていた。

「一時間の約束ですから、あと三十五分です、少し延びてもかまいませんよ」と親切に言って、私達は外《はず》しましょうかと言ってくれた。

「一向にかまいません」と言うと、椅子を窓際に持っていって、二人の看護婦は窓外を見ていた。

あきらは実父の病状にさわるかもわからんからと心配しつつ、母の死を伝えたり今の父さんが僕を育ててくれて、なんの不自由もなく今まで過ごせてきたこと、そして、結婚を機に実の父の捜索をしてはどうかと父さんが言ってくれたことを伝えた。そして、又来るよ、今度は親族として見舞いに、京子と一緒に来るよと言うと、実父は、

「多分、もう長くないんだ。人の寿命はわからないけど、医師の話だと一ヶ月は持たんと言われているからな」

「何度でも来ます」と京子は泣きそうな顔で言った。

実父は「日曜日に来てくれないか。ちょっと話しておきたいことがあるのでな」と

言った。

「京子さんも、お父さんも一緒でいいから、来れるかい。間に合ってよかったよ、お前は、否、わしは運がまだ残っていたよ、うれしいよ、必ず来て欲しいんだ」

「わかった、何があっても来るから」と言って手を取ると又涙をふいていた。

「今日は、これで帰るけど医師、看護婦の言うことよく聞いて、一日でも、一分でも、一秒でも長く生きろよ」と言って手を離した。

二人の看護婦に礼を言って、廊下に来てもらい、心づけを入れた封筒をポケットに突っ込み、「ありがとう……お願いします」と京子は頼んだ。

「はい」「それでは病室に、お連れしますのでここで」と言った。中に残ったあきらと実父は何を話したのかは知らず、京子は外で待っていた。ベッドに横になったあきらの実父を押して病棟の方へと消えていった。

（九）

私用で時間をとってしまって、あきらの仕事が溜まってしまい三日間残業をして片付けた。実父のことを頭の片隅において、自分の前の仕事を片付けていった。

父の所に行って「父さん、実父《ちち》が日曜日に父さんと京子も一緒に来て欲しいと言ってました。一緒に行ってくれますか」と言うと、行きたくないので、風邪気味だから移すといけないから、回復を祈っていると言って欲しいと言った。

素直なあきらは「そのように伝えるよ、他にないかい」と聞くと「ありそうでないんや」と言った。

京子はそばで聞いていて、わからなくもないと思った。会ってどう言えばいいのか、会話の糸口がわからないのかも知れなかった。

あるいは、父は先に調査して何もかも知っているのかも知れない。京子は多分後者だと思った。

「じゃあ、京子と二人で行ってくるよ」あきらは、なぜかさほど気にしないで言った。

子供の時から育ててもらった父の裏表、顔の表情からとれる内面のこだわり全て知りつくしているからこそ、あっさりと引いたのであった。

京子は、父とあきらの長い間の心の中のもの足りなさを知らない。永遠に知ることはないだろう。義理の親子の胸中のからみあい、いつもあきらが「はい、父さん」「はい父さん」と言って父を立てたこと、常に一歩二歩引いていた。

病床の実父に会った時、軽い言葉を発した事、今までで初めてだった。血が通う話が出来た。初めて背筋が伸びた。しっかり生きていけると思った。自分の中で何かが変わっていくのがわかった。今度は、何故母と私を捨てたのかをくわしく知りたい。知る権利がある。

しかし、何を聞いても責めない。とがめない。もういくばくもない生命《いのち》なのだから。

「あきら、お母さんと写している写真を持って行けよ、成績表とかも全て持って行って見てもらえ、今しか語る時間がないのであれば毎日でも通《かよ》って、な、子供ならあたりまえだろう。この世に生まれたのはあの父がいたからだ、わしがあきらに会えて義理にもせよ親子として生きてこられてな、すごくうれしかったんだよ、お父さんは生きて息子に会えてどんなにか感動したにちがいない。わかるんだよ、あきら後悔のないようにな、今からの何ヶ月かが大事だ」

「父さん、ありがとう。いろいろ教えてもらって」

横から京子が、

「お父さん素敵ですね。河内音頭の太鼓たたいている時みたいね、スカッとして。今度皆さんで私の実家へ行った時踊りましょ。兄の子が待っているらしいです」と言った。

あきらも、首を縦にふって〝うんうん〟と言っていた。今までのあきらでないみたいだと京子が言った。

あきらの心は実父の病状のことばかり思っていた。それは当然のことであるが顔に出せず口にも出せず心のゆとりがなかった。

義理について最近考えていた。が、常に打ち消し乍ら、しっかりしない自分にこれはちょっと重症だと思った時、病床の実父はもっと苦しみさらに命を縮めているかも知れない。

行って元気な顔を見せてやろう、母と自分がいなくなってからの来《こ》し方を聞いてやろう、やっとそんな気になってきた。我が心を立て直し又病室に訪ねる気になった。

日曜日は普段着で行った。三階の詰所の係が少しお悪いんですが、二、三〇分にして下さいと言った。

病室は、四人部屋だった。看護婦が区切りのカーテンを閉めて、血圧を測り出て行った。少し悪いのか聞くといつもの調子だと言った。

「嫁さんは来ているのか」

「僕の仕事の仕上げをしているから、一人で来たよ。看護婦さんが三十分でお帰り下さいと言われたよ。大事にしてくれているんだね」

手の平を振って「いや、いや」と言った。

「何の仕事をしているのか」と聞くので、

「税務事務所を父さんがしているので手伝っているよ、妻は、そこに事務員として入ってきた人だったので、僕が留守にしてもきちんとやってくれているんだ」

「嫁は大事にしろよ。代わりはいないと思うことだ。お前の母はいつもふくれていたが料理が出来る女だった。仕事で東南アジアに一ヶ月いった時、帰ったら家がなく、お前を連れてどこに行ったのかわからなかった。更地になっていた。その近くに家を建てて今もわし一人で住んでいる。ひょっとしたら帰るかもわからんと少しの願いを抱いていたんだ」

「僕は、母と僕をほうり出して、なんと言う父なのかと、ずうっと思っていた。今の今まで、心の奥底では訳があるだろう、大きくなったら母から聞こうと思っていたら、坂道でつまずいて、妊娠四ヶ月の体だったのに亡くなったんだ。罰があたったたってベッドの上で言っていた。だからもう忘れようと心に誓ったんだ。そして、神田の父のおかげで今まで育ててもらったんだ。母が亡くなって十八年になるよ。父さんが産みの親を捜さな後悔するよって、京子と結婚して新居をかまえた時、言ったんだ。何日か考えている内に涙が出てくるし、父さんが幸せそうだったら名乗らずに陰からでも見たらいいやんかって、京子が言うので捜索の会社に頼んだんだ。会えてよかったよ、思いのこすことないよ」

「ありがとう、ありがとうな」涙をふきながら実父が言った。

「三十分で帰るように言われているから、又来るから、元気出して……」

「今度、いつ来てくれる？」

「あすから毎日、夕方四時に仕事を終えて顔見せに来るよ。何か欲しいもんあるか」

「いや、又、明日来るのなら、その時に言うから」

「ほな、明日又」と断腸の思いを胸に病院を出た。一日でも長く生きて欲しいと心から思った。もし、育ての父さんがこの状態なら、こんなにもせつなく、回復を祈る気持ちが出てきただろうか、甚《はなは》だ心もとない思いである。血とは大《たい》したものである。

家についたら夕方五時前だった。日曜日で京子もゆっくりしていたのかテレビが点いていた。夕食にしましょうかと言う京子に、シャワーをあびて父さんとこに行ってくるわと言うと機嫌が悪そうだった。

「だったら、先に食事にしようか?」

「えっ、だったらって何んなんよ」と言ってつっかかってきた。

「いや、先に父さんとこに行ってくると言った時、もの足りなさそうだったから」

「マンションのお父さん所へ行きましょ。待っているわな」

「すまんね、このところ僕本位の行動で、事務所の方も、たくさん手伝わせてな」

「なにもそんなこと言ってないよ、早よお父さんとこに行こう、待ってはるで」と京子にいわれて、さあ行こう、風呂入って行ったら父さんに失礼やなと思い直して、出掛けようとしているのに、台所でこそこそしている。丼に、いもの煮たのを入れてフキンをかけて持って出ようとしていた。

「お口に合うかわからんけど……」と京子が言うので、あきらは「わしが持つわ」といって並んで歩いて行った。

マンションは電気が点いており、

「父さん、来たよー」といってノックすると開いてるから入れと言った。

「父さん、鉢ものや」といって渡すと、

「そうか、ありがとな」と言った。「あきら、寿司、とったから食っていけ、もうすぐ来るがな」父はうれしそうだった。

「食べずに来てよかった。報告にいこうと言って、京子がいも煮たの入れたから」

病院のことひとしきり報告した頃に、向かい筋の寿司屋が「まいどおまちー」と言って入ってきて、京子に渡した。

父が「明日、代金届けるさかいな、ごくろうさん」と言うと、勢いよくへーいと言って帰って行った。

大きな寿司桶にいっぱい並んでいた。

「父さん、僕ら来るのわかってたん？」と聞くと、「日曜日やから、朝から行くと、五時頃に帰るだろうと、そして、手顔足を洗ったらすぐ、父さんとこに来てくれるだろうと読んでいたんや、どうや」

「まいった、まいった」と京子も一緒になってにこにこして言った。

「おいしい寿司だね、父さん」

「大阪のど真ん中やないけ、うまなかったら売れるか、つぶれるわ」と言った。

京子は「なるほど」といって笑いころげた。座がなごんだ。ホッとした気持ちになった。

情では、この父さんの方が勝ってるがなと心の中で納得した。

「父さん、美奈ちゃんに言ってないけど」と言うと、父は、

「心配するな、古川が薄々感付いているだろう。あきらは大きな気持ちでいろよ」

京子は立って行って、吸物を三つ盆に載せてきた。

「京子さんはしばらく事務所に来て手伝って下さい。あきらは午後早めに終えて神戸へ行って病院に詰《つ》めよ、捨てたのではなく行き別れなら命をすり減らせて捜したろうに。実の親だから、手抜いてもわかってくれるだろうと思ってはいかん。毎日夕方四時に病室に行って病院食をどれくらい食べたか、そして、帰るまで今までの来し方を話すんだ。親の事も種々、どんなものが好きなのか、何か欲しいものはないか聞いてあげるんやで」

「うん、そうするよ、父さんいろいろ教えてもらって感謝だよ」

食べ終わった寿司桶を京子は片付けて部屋の前に置いたり、洗場をきれいにしてお茶を三つ新しく入れて机に並べた。

父と主人《あきら》は黙ってすすっていた。

「父さん、お腹いっぱいになったよ、ごちそうさん」と言った。

「久しぶりに高級寿司を、ごちそうさんでした」と言うと、「私、先に帰るから、あ

なたゆっくりして、お父さんと話して……」と言った。

「うん、そうするよ、気をつけて」といってポケットから玄関の鍵を出して渡した。

京子は帰りながらあの二人何を話すんだろう。もう少し入れ知恵してもらうんだろうか、わかっている事でも父さん、そうするよといっていつも父に従っていた。かしこいのかずるいのか、まだ読めなかった。四歳から全く他人に世話になり、母子で世話になった。

母はいつも帰りの遅い父にごちそうの用意をしていた。そして母は時々、父のふとんで寝ていた。戸籍上は父となり、母はこの父の妻となった。

父さんと呼ぶように言われた。玄関で見送る時「いってらっしゃい、父さん」がなかなか言えず、ある日一人で見送っていて、「いってらっしゃい父さん！」と言うと、父はあきらの方を見ていい顔をした。何日かたって、「あきら、参考書を買え」といってお金をくれた。母は横で「よかったね」と言った。

そして、京都外大に受かり、四年間の学費は振り込んでくれていた。母はあきらが中一の時、前の坂道で雨の日にすべって、何日か後に流産をして亡くなった。あきらの妹か弟が産まれるはずであった。

亡くなってから、朝食の準備と夜のごはんはあきらが作った。

大学に通っている時から父の事務所の手伝いをした。自分に出来ることは何でもした。今回本当の父と会えた時、戸惑《とまど》って会えたら聞こう言おうと思っていたことが飛んでしまった。三回目の面会に病室の前に立って一息《ひといき》ついて静かに中に入って行った。

病床の父は、

「待っていたよ、何でも言え冥土の土産にな、あきら会えて本当にうれしい。三ノ宮の土屋《つちや》法律事務所に息子が現れたら渡すようにと言って預けてあるんだ。だまされるな目録はこれだ」

と言ってわたされた。

「えっー」と言って、押し返そうとすると父は目をつぶった。

「わかったよ、預かるから、目をあけろよ」と言うと

「うん、夢見てるようだ」と言った。

そして、

「母さんは、どのようにして死んだんだ」

あきらは、ありのままを話そうと思った。隠す必要はない。かいつまんで言おうと思った。

僕が小一にあがる時、父さんに税務署前で会ったんだよ。母さんが働いていた店の

客だったのか、「あっ、何々さん」と気軽に声をかけていた。そして、僕を私の息子ですと言って見せた。何か、話がついているのかタクシーに僕と母さんを乗せて、父さんの家に入った。その日から、神田の父さんの家の居候になり食いつなぎ生きてくることができたんだ。母さんは家政婦を必死でしながら僕と美奈ちゃんを育てた。大きな家で僕にも母さんにも一部屋ずつあった。ある雨の日、母さんは買物の帰りに坂でころんで入院した。

母さんのお腹には赤ちゃんがおり、流産しそうになり、退院して台所で食事の準備をしていて倒れた。自分で救急車を呼び又入院した。三日位して容体が悪いといって三人で病院に行った。母さんは僕の手をとって父さんのこと頼むねと言った。美奈ちゃんにあきらの姉ちゃんになってねと言った。父さんの手をとって、何度もありがとうございました、と言っていた。父さんはまかせておけ、あきらは阪大に入れたると言った。初めてニコッとした。体にさわると言うので、又、家に帰った時、又、病院から電話があり奥様が亡くなられていますと言ってきた。三人で母さんを迎えに行って家に連れて帰り、葬式をした。僕は又行くところがないと思っていると、次の日、あきらは私の息子としてこの家で住むように言ってくれた。僕はその日から何でもした。植込みの水やり、廊下の掃除、朝のパンの準備とか全部やった。美奈ちゃんは三つ上だった。反抗期でよく母や僕にあたっていたけど、何か憑きもんが落ちたみたいに優しくなり、美奈ちゃんと一緒に父さんの晩ごはんの準備をしたり、参考書は全部僕にくれたんだよ、僕にやろうと思って買っていたんだろうと思った。真《まっ》さらであったし、美奈ちゃんありがとうと言うと、うちはあきらの姉ちゃんやさかい遠慮はいらんよ、と言って良い顔をした。よく見ると美人だった。そして、おばさんのごはんおいしかったよなあと言った。おばさんじゃなくて母さんなのにごめんねと言ってた。美奈ちゃんは素直になっていた。

血のつながらない姉弟だった。唯、同じ家で息をしていた。父さんは退職して税務事務所を始めたんだ。学校に通いながら手伝いに行ったらアルバイト代といって給料をくれたんだ。他の所へ行けばもっと多くくれるだろうけどと言うので、今までのお返しです、僕は何もいりませんと言うと、水くさいこと言うな、大阪の常識だと言われた。考えてみたら、ここで手伝うくらいでは返せない恩があるのに……。

そんな感じで今まで過ごしてきたけど、常に誰かに見られている気がしていた。ある時、京子に会った。三度会った、言葉を交わしたわけでなく気になってしまって。そんな時父さんの事務所に広告を見て来たといって応募してきた。お互いにびっくりしてしまってね。何ヶ月かたった頃、食事にいったり交際が始まって、父さんは何となくわかったのか「あきら、好きな人がいるんなら今すぐ家《うち》へ連れてこい」と言うんだ。僕は京子のアパートに行って、私のことで父が呼んでいますから来てくれますか、と言うと「了解です」と言って普段着のままついてきた。京子は家の前まで来て、一人言のように坂道ですかと言って、ためらうことなく僕のあとについて中に入ってきた。

「父さん、来てくれたよ」と言うと、ニコッとして夜遅くによく来てくれました。

父さんはどうぞ此方へといって京子を応接室に案内していた。京子は極めて普通に対話していた。僕は横で見ていて少しは世辞とか言えよと思っていたら、その内父さんが好きな食べ物はなんですかと聞いた時、

「私、何でも食べますけど嫌いなものが二、三あります」

「聞かせてもらっていいですか」と父さんが聞くと、

「はい、私は坂道と神社とかの石段が苦手です」

もしも僕との結婚が決まってからだと言えない、坂道は嫌いと言わなかった。家をほめたりせず普通の服で来た。

相手に気に入ってもらうような振る舞いをしなかったんだ。考えがさえていてすごいと思ったし、父さんも見抜いていたのかも知れない。

「病人を疲れさせてはいけないから、又明日来るよ。何か欲しいものあれば買ってくるから」

「いや、何もいらない。こんなにして毎日来てくれるとは思いもよらないし、うれしい日々を死の前に過ごせて感謝しているから、渡した書類いつでも見てくれ、私が生きているうちに何でも聴け、気をつけて帰れ」

と言って、目をしばしばしていた。

あきらはさっと立って帰った。病院を出たら京子のことを考えていた。

（十）

神戸の病院で父にいろいろ話し、三階の詰所で看護婦に礼を言って外に出た。元町から三ノ宮《さんのみや》に出て、喫茶店に入って珈琲を飲み三十分以上ボーッとして、頭の中を切り換《か》えて気を取り戻し、いつものように電車を乗りついで帰宅したらもう夜の八時だった。

玄関に入ると味噌汁のいいにおいがして、すぐ食べたいと思ったが、父のマンションに行った。京子が私もついて行きますと言うので二人で行くと待ってくれていた。「あきら、疲れたろう。寿司とってあるから食っていけよ、食べながら話そう」と父が言った。

二人の父をどう扱うか悩んだが、結局はありのまま、嘘のない親子でいたいと思った。

「どうだったかい」

「変わりないけど、今日は京子とのなれそめを聞かれたんだ。嘘を言う必要もないし、寝ている人は神経が細かいのでありのままを言ったら、テレビドラマのようじゃあないか、と言われた。事実は小説より奇なりだと言うと病人には酷だと言うんだ。教えろといったのはそっちじゃあないかと言ってやったよ」

「そうか、今ごろはあきらと京子さんのこと思って夢みているよ。何でも事実を語るのがつまり、清清《すがすが》しいし心地いいものだよ」

その時、「まいど、おまちー」といって寿司が届いた。

父さんは「京子さん、食べなさい。あきらの分までいっぱい残業してもらって古川がほめていたよ。出来る人だねって言って」

「いいえ、少し慣れてきたので……」

あきらは脇目もふらずに寿司を食べていた。「ここの寿司屋はうまいね、父さん」と言ってうれしそうな顔をして。

心の中は複雑であるが、感謝の気持ちをどう表現すればいいのかわかりかねていた。この父あればこそ、小中高、大学と通い卒業することが出来た。本当はもう神戸へ実父に会いに嘘の心をまことの如く表現することはいやであった。三ノ宮から電車に乗って帰る時もう来たくないと思った。

僕の責任ではない。両親の業《ごう》みたいな、言いようのないものを背負ってしまって、神田の父さんが大好きだという事を今日このごろ、意識の中で確認した。この人程僕を大事に育てて、一人前に扱って、息子として信用してくれた人がいるだろうか。

「二、三日来ません。急変とかあれば連絡して下さい」

看護婦に言うと、病棟の婦長が大丈夫ですよ。私たちでお相手しておきますよ、と言った。二回目に行った時だった。実父《ちち》が入院してきた時の様子を聞いた。その時、婦長さんはどなたですかと聞くと、主治医がこの人ですといって手招きして呼んで下さった。

主治医と婦長に金封を渡し「お世話になりありがとうございます」と言うと、「これはご丁寧に」といってあっさり受け取りカルテの下に入れていた。

だから、かも、わからないけど私達で見ておきますと言ったのだと思う。口程《くち》に物を言うのはやはり金かもわからない。地獄の一丁目一番地に、ベッドに横になっている父を見てゾクッとふるえを感じた。

「もう、検査はいいと言ってくれないか」と言う実父は、やはりあわれ我がたらちねの父なりけりと思いながらも「出来る限り調べてもらえばいいんだよ。医者も勉強になるから」と言うと、「否それは違う」と言った。あきらは「わかっているんだよ、茶番てことくらい。少しは医学の為と思おうじゃあないか」と言うと「うん、うん、そうだな」といってクックと笑った。父はいい顔を見せた。

何故、長い間顔も見ていない実父の心までわかるのか、不思議であり、いやにもなる。

血は争えないことこれからも幾度となくわからされるはめになるだろう。よしっ！やってやろうじゃあないか、しがらみのまつわりつきを離れてやる、今度は自分からきちっと結び目を切って、この人とは違った水流で生きるんだ。心の奥底でそう思わずにはいられない自分を発見して、なんと低俗な品のない自分にゾッとした。

「ここで泊まるから京子は先に帰ってくれるか」

「うん、わかった。明日の朝食持ってこようか？」

「菓子パンと牛乳で事務所へ直行するから」

「了解！」と明るく言って京子は帰った。

あきらは、

「父さん、病人は我ままだね」

「人間はみな我がままだよ、おれだって勝手な考えから、格好つけたのかどうかわからないけど、あの坂の家を買ったんだ。金と手間がかかり、お前の母を死なせてしまった。あの家は、手間がかかったんだ。庭木の刈込みのため人を雇ったり、週一度掃除をしてくれる人を頼んだり、あきらと母さんが来てくれた時は庭の水やり、掃除を母さんがしてくれていた。わしは何もわかっていなかったんだ。女性の家の中の仕事が沖仲仕に匹敵する労働だってことをな。手を抜けばいいものを必死で頑張るからしんどかったんだろう。でも、ニコニコしてよく尽くしてくれたもんな、感謝してたけど、今頃わかってやっても仕方ないな。ここのようなマンションで暮らしたかったよ。余生を楽しみ乍らね」

「父さん、余生はまだ早いよ」

「病人さん何か言ってたかい」

「うん、お前に渡すものを貸金庫に入れてある、自分が死ぬまでにお前が見つからなかったら、元町の法律事務所にあきらが見つかった時に渡すよう頼んである。もし会えなかったら、処理は頼んであるから電話して訪ねてみろよって」

「ふうん、ちょっとした人だったんだな」

「わからんよ、骨と皮になっているんだ」

「あきらが決めることだよ。生きて会えたんだ。あきらは運があるんだ。物事の善悪をわきまえているよ、教えなくても身について生まれてきているよ。父さんにいつもやさしくしてくれている。誰にでも出来るものじゃあないよ。受けとってから考えるんだ。相談に乗るよ」

「ありがとう、父さん。それからね、それ、生《せい》あるうちに受けとるんかな。治って、少し元気になって、誰か立ち会いのもとに受けとったらいいのかな？」

「そうだな、考えもんだな。この話、今ここだけにしておこう。本当は無いものだから、ゆっくりでいいだろう」

「父さん、そうするよ」

あきらは、客用のふとんを引き出して勝手に引いて寝た。神田の父に言いたかったこと言えたから、すぐ眠った。
二、三日は朝から夜まで事務所に出るから京子に体を休めるように言った。あきらは仕事を片付けながら受け持ちの事業所へファイルを届けてまわった。
三月決算のところ五月決算のところといろいろな事業所があり、なかなかゆっくり出来ないと所長である父さんがボヤいていた。

「いいよ、父さん僕がやっておくよ」と言うと、印を押して点検印を押して帰っていった。

美奈ちゃんの主人の古川氏は、年寄扱いは禁物だよと言って笑った。他の先生方も、甘やかさない方がよいと言った。

何か意味がありそうな眼で笑っていた。

「京子さんの言っていた備前焼《やき》の里には何時《いつ》行くのか」と聞かれた。

あきらは我が実の父がみつかったからでなく、実父《ちち》がいつどうなるかわからない状況だから二の足を踏めなかったのだ。

いつも二択がある。実父がどうなるかという時に楽しい顔で旅でもない、京子は実家にどのように話したのか、気になるところでもあるが、多分ありのまゝ言えばよいといつも決める妻であった。

「八月か九月でもと考えています」医者が、もう大丈夫だと言えば晴ればれと行けるし、多分もう長くないという医師の所見から言えば、それはそれで仕方のないことである。

その人の運でもあるし、寿命でもある。大往生を遂《と》げて、いい顔を息子に見せて逝くだろう。ほんとこればっかりはわからない。

七時頃、事務所を閉めて自宅に帰ると、味噌汁のいいにおいがする。久しぶりに今日は京子とゆっくり差し向かいで夕食が食べられる。にこにこして、食卓についた。

「病人さん、少しよくなったらここに呼んであげましょう」

「京子の気持ちはありがたいけど、僕は呼びたくないね。神戸に家があるらしいけど、そこへ一度連れて行こうか？」

「あなたに会えたから一度は外に出たいと思っているでしょうね。息子と一緒に」

「前もって一度行ってみようか、タクシーに乗ればすぐわかると思う」

二人の間で話すことと言えば実父のことばかりで、京子はつまらないなと思っているに違いない。

「すまないな。面白くなくて」と言った。

父が亡くなったらの言葉は禁句であるが心の片隅にいつもあるから、自然と顔に出ているんだろう。

京子は又、

「よくなる事だけ考えた方がいいんとちゃうの」

「ん、そうだけど、最初行った時京子も一緒だったけど、医師の所見が二ヶ月位だとたしか言ったよな、つい計算してしまって毎日夜に通ってもあと何日位かなと思ってしまって」

「でも、少しずつ元気を取り戻しているんでしょ。医者と言えども患者の寿命を決められないやんか」

「ん、この前京子とのなれそめを言えと言われて、話しているとドラマだなと言ってとてもいい顔を見せた時、えらい元気を取り戻したのか、声を出して笑っていた。又、続きを言わなあかんねん。少し脚色をしてみようか、あの父はすぐ感付いて今嘘を言ったろうと言うかな」

「本当を言うのが親子であり、認めるところは認めるんとちゃうかな」

「そうでないと、医者の告知も水増しで言ったら、息子は信用できんと思ってしまって、あの世への土産がなくて地獄に落ちてしまうねんな」「ふんふん」と京子は言った。

「明日、又夕方から行ってくるわ」

「あっ、結婚式の写真見てもらってな、用意しておくわ。にぎにぎしい式だったから、きっと喜びはるで」

月曜日の夕方五時頃父の入っている病棟に行くとベッドには居なかった。しばらく廊下の長椅子にかけていると看護婦が車椅子を押して帰って来た。

「来てくれたのか、ＣＴ検査を受けていたんだ」

「そうか、疲れたろう」と言うと、

「もう、慣れとうよ」と言って、いやがっている顔をした。

溜まっている仕事を片付けて、京子を休ませてきたと言った。言い訳であることは百も承知だろうと思った。少し自分をとり戻した顔であると見られたかな、どう解釈すればいいんだと思った。実の親の前では解放感のある息子で。

「結婚式の時の写真を見てもらうよ」といって書類封筒から出して見せると「内輪だけの式だったのか」といって、皆ニコニコしている写真をくい入るように見つめていた。

「これは誰だい」と言った。別の写真を見て。

「京子の父親だよ」

岡山の自宅の前で写している京子の両親を見ていた。

「何だか、見たことある人の様《よう》だが、人違いだろうな。何歳だろう」

「六十六か七じゃあないかな」

「元気かな?」

「ん、農業だからね、この前行った時も腰がいたくて、背中がいたくてと言っていた」

「岡山のどこの生まれか」

「院の庄だよ」と言うと「ああ、わしはもう少し生きたいな」と小さな声で言った。

「寿命もあるけど、生きたいという気持ちが大事と思うよ。人の命なんか医者でも坊主でも決められんから、せっかく僕と会ったんじゃないか、よくなって退院したらうちの近所に住めよ」

　気安めかもしれない、否、その場限りのなぐさめのつもりで言ってみた。でも、心の底ではもう長くないのはわかっていたが、こればっかりは本人でもわからない。父はなんとも表現しにくい笑みを見せた。

　写真のことはそれっきり口にしなかったが医者が最初、余命はわかりませんがよく持って三ヶ月か四ヶ月だと言った日からもうかれこれ三十日がすぎた。

　木曜日に又父に会いに病棟をたずねた。医者と看護婦がとりまいて脈を診ていた。大丈夫です。意識はしっかりありますと言う医師が看護婦に指示をしていた。

「巡回を一時間に一回にして下さい」と言いながら聴診器を耳からはずし乍ら廊下に出てきた。

「ありがとうございます」と医師に頭を下げると、お大事にと小さく言って去った。

　看護婦も皆去り、おそるおそるベッドの横に立つと、

「来たか、わしはもう本当にあと少しの命なんだ、医者は病人の心も知らず、看護婦に指示していたよ、聞いたろう」

「うん、前にも言ったけど医者の見立ては見立て。寿命は誰にもわからんよ、精一杯《せいいっぱい》

生きて生きて生き抜けよ。息子が来ているんだ。何の遠慮もいらないから、ずっと来てやるよ。最期を看取ってやるよ」

あきらは泣き声で言った。そして手を取ると弱いながら握ってきた。父の眼からは涙が伝って耳の穴に入りそうであった。

側《そば》の紙で拭うと小さな声で「ありがとう」と言った。

今晩は夜通しいてやろうと思った。その時、握る指に力がなくなり耳元に声をかけた。「頑張れよ、父ちゃん」と小さい頃に呼んでいたように言った。

医者と看護婦がかけつけてきた。あきらは手を握ったままで、

「先生、どうなんでしょうか。急に力が抜けてダランとなって……」

「ちょっと診てみます」と言って血圧計をつけた。首をかしげて両眼を開けて診察用の懐中電灯で照らした。

「只今、命を引きとられました」

看護婦が「ウウッー」といって泣いた。

あきらは泣けなかった。さっきの最後の生《せい》の感覚がつめたく手に残って、その手で我が右の頬をなでた。もう亡くなっている耳にありがとうを言った。

父のベッドを押してエレベーターで下に行った。看護婦がすでに死者となった父の

体を清めて新しい白い着物を着せて地下一階の安置室に連れてきた。

「通夜とかどうしますか」

男の人が聞きに来たので、ここで何時まで置いてくれるのか聞くと「二十四時間は可能です」と言うので「連絡せなあかん人がいるので通夜、葬式の件は又あとで相談させて頂きます」と言うと、

「ここに費用とか書いていますから、連絡下さい」と言った。

あきらは時計を見て今だったら父さんは起きているだろうと思って電話をした。

「父が今亡くなりました。ありがとうございました」

「そうか」と父さんは言って、しばらくしてから「どうするか」と言うので、「病院の紹介の葬儀屋が来ているので極簡単に、ひそやかに送ろうと思います」と言った。

「何時にどこへ行けばいいかを言ってくれ」と言うので「折り返し電話する」と言って切った。

父の住いの近くにあるらしい浄土宗の葬儀場で一番簡単な、費用も抑えたものに決まった。

再び、電話を父さんにした。寺の住所と電話番号を言って切ろうとすると費用はどの位かかるのかと聞くので、亡くなった人から頂いていますから余ると思いますので

お返ししますと言っていると言うと、父さんは、

「すごい人だな、多少は父さんも金を持っていくよ。京子さん、美奈子夫婦も一緒に行くから皆で送ってあげようや」

明日の夕方四時に決まった。あきらは淡々と病院の支払書、死亡診断書を受けとって葬儀屋さんに託した。病院の事務長に礼を言って、改めてごあいさつに来ますと言うと、「その必要はありません。あの方はこの病院に何かと丁重にしていただいています。もう充分です」と言った。

僕が現れて間に合うかどうかわからず、我が尻拭いをきちんと死ぬ前にやっていた。あっぱれ、わが「たらちねの父よ」と思った。

この事は誰《だれ》かれに言わず、この日前後のことを日記にくわしく綴っておくつもりである。

次の日、葬儀場で棺桶をのぞきこんで亡き父と対話している時、昼すぎ父さん始め五人が黒い服を着て入ってきた。

「来てくれてありがとう」と誰に言うともなく頭を下げたら、

「あきら、ちょっと葬儀屋と会おう」と父さんが言った。二人で行くと係がびっくりした顔をした。

父さんは、此方の思惑ばかり言って、

「亡くなった人から、いくら掛かっていましたか」

「先程、息子さんに言いましたよ」

「もう一度お願いします」

父さんは引かなかった。葬儀の後では遅いのだろうと思って、父さんもういいんだと言っても、ここの費用一切は私がしますから、預かった金額をそのままこの者に渡してくれますかと言う。

顔色を変えた葬儀屋は、

「亡くなる前に当人から預っていましたので手はずは済んでいる」と言って聞かなかった。

「明細はありますか」

「いえ、生前《せいぜん》の約束した通り行なわせて頂きます」と頑として引かなかった。

「喪主《もしゅ》が言っているんですよ。私達の前で明らかにして下さい」父さんも引かなかった。

「人生最後の儀式を気持ちよく行なわせて下さい」正しく気持ちよく別れたいのだと父さんは言った。父さん、もういいよと言いかけたが、仕事上何十何円まで正確にしている性格が誤魔化しはきかなかった。

花の数とか、棺桶のよしあしで上前をはねる位は言わないが、いくら掛かって、式でなんぼ掛かる。足りなければ出しますよってに、と言った。

葬儀屋は思いがけないことを言われて狼狽した。相談してきますといって寺の事務所に消えた。

「亡くなった人が成仏するかどうかの堺目だよ。正しい事をしているのであれば相談はいらない。昔、ある大きな寺の僧侶が税金の相談で来たことがあって、その時は申告者の言う事を聞いて納めたが、よく調べて追徴があったからな」

「悲しむのは後ってことか。一番誤魔化されやすい所だな」

税理士の職業柄、正しくないことは見逃したりはしない。正、不正を見事に見抜いた裁量である。儀式こそ正しい金額をと思った。

こういう事は不明瞭が多い。大体一式でなんぼの丼《どんぶり》勘定だろう。ここで明らかにして気持ちのよい式になった。たくさんの入金があったのか、息子にへつらう態度が一変して事務的になって言った。

参列者への配り者は身内のみだからいらないと言われ、お膳はけっこうです、この近くで和食を食べて帰ることに、生きていた時の名前で位牌もお願いした。

高僧でもなく悲しんでいる遺族から多くを要求して懐に入れるのは、成仏とは反対の方へ行っていたのか。

どさくさにまぎれては、ならない。父さんの教えを今こそ肝にたたみ込んだ思いがして感謝した。

（十一）

あきらは実の父を看病し、臨終に立ち会うことが出来たことを神田の父に感謝した。納骨を済ませひと区切りがつき、父の住むマンションに行って礼を言った。

育ての父とはすごいなと思ったのは、もう今日あたりあきらが来るだろうと思って、又寿司を頼んでいたのである。

一切の報告と心からの礼を言った時、「ハイおまちどお」といって寿司桶が届いた。二、三分すると京子が美奈ちゃんと古川さんを連れて「こんばんは」と言って入ってきた。

古川さんが「あきらさん精進落としやがな」缶ビールを一ケース持って、京子と美奈ちゃんが料理を二段重に詰めて持ってきた。京子が「早よ、お父さんとこへ行ってきて、いっぱい礼言わなあかんやろ」と言ってくれたから、「行ってくるわ」といって喜んで来たのに、一時間後に皆やって来て、話《はなし》、済んだでしょう。さあ、ごはんやでと言って丸くなって座った。父さんはうれしそうに「やっとあきらが帰ってきた。

精進落としや」と言った。

多分、父さんはあきらが神戸の病院の実の父の看病に行くのを勧めていながら、寂しかったのだろうと京子は察していたから、美奈ちゃんに嗾《けしか》けた。そして、皆で食事会をしようと言ったのだった。

京子の存在は大きく何時も機転を利かせてくれる。あきらは、「父さんも皆もありがとう。心の中の何かつかえているものがとれた感じがして何かふぁっとした気楽さが出てきてうれしいよ。顔を見るだけでいいと思って捜した人は入院して、もう明日か明後日の生命の時、話が出来た。父は東南アジアの方をまかされて向こうの生活をしながら、家にも帰ったりしていたらしい、その内、不景気に見舞われて出張先をたたんで帰ったら子供も妻もいなくて、家は他人が住んでいたと言っていた。二人を捜しても貧困者《ひんこんしゃ》の様で捜すことも出来ず、本社から受けとった金で株を買ったらしい。バクチのようなものだったが、株価が上がって少し金が出来た。

妻子を今さら捜しても言い訳ばかりになるからと、前に住んでいた近くに家を買って住んだ。あの家の権利と多少の金を法律事務所に預けているから取りに行って、どうにかせよと言っていた。京子を引き合わせたら涙を流して喜んでいた。興奮したらいかんと言って次からは僕一人で行った。合計六回通ったけど父さんや京子の協力のたまものだった。ありがとうございました。父さんの教えで僕は今まで生きてこれたし、恥かかずにこれからも過ごしていける。よろしくお願いします。今日は、皆ありがとう、これで又明日から頑張れるわ」

　美奈子が「あきらのお父さん、男前だったんやね。棺桶の中の顔」と言った。皆にビールをついで、皿と箸を配って内輪の精進落としを始めた。

「ここ、二、三日、普通になってきてホッとしたわ」と京子が言った。

「京子さん、こんな時に言ってもいいかな、備前焼の里にはいつ行けるん。京子さんの実家も見たいなぁ。息子も、僕放っていかんといてなって、古川の母さんも行く言うてますので、もう早よ頼むわ」と美奈子が言った。

「わかりました。向こうでも待ってくれています。秋の連休と土曜日をひっつけてね。総勢何人になるでしょうか、所長」

「慰安旅行にしようか。十四、五人になるかな。バス一台を旅行社に頼んで段取りしようか、あきらの仕事にしよう、と言っても京子さんが仕切るだろう。京子さん頼んだよ」

「私も手伝うし、何でも言うて」と美奈子。

「よかった、よかった。目標も出来たし、しっかり頑張ろう」と古川さんは言った。

もうすでに缶ビール三本も空《あ》けていた。皆、御機嫌であった。

次の日、あきらが買物に行くのなら荷物持ちに行こうかと言ってくれた。大通りにお弁当屋が出来たからといって、「お昼は弁当にしようか、あんたすまんけど買ってきてくれへん?」と言うと、

「よっしゃっ、行ってくるわ」と言って出て行った。何か普段と違うことするとストレス解消になるってテレビで言っていたから頼んでみた。元気よく帰ってきて、並んで買った話をした。

たかが弁当を買って帰るのに一時間以上かけて、持ち帰った袋を開くと中から〝さくら餅〟と弁当が出てきた。弁当屋さんの並びに万頭《まんじゅう》屋さんがあり、余計《よけい》なもの買ったらしい。御機嫌であった。

昨夜は遅くまで神田の父さん宅で飲んで、しゃべって、多分疲れていたのか桜餅五個買ってニコニコして帰ってきた。

一時頃、買ってきてくれた弁当を批評しながら食べた。迷った結果これにしたよと長々としゃべった。

そんな事どうでもいいやんか、もうすでに食べ始めているのにと京子は腹の中で思い乍ら、おいしそうな顔をして食べた。

そして、行ってくれて助かったわと京子は言うのであった。小一時間かけて買ってきたものを、今一つおいしくないね、とは言えずに。

このようにして年を一年二年と重ねて行くんだと思いつつ。

夏が過ぎて、難波にある旅行社に行った。

事情を言って中型バスで岡山一周の段取りを頼むと、家族旅行ですか、倉敷美術館、鷲羽山、備前焼の里外《ほか》、蒜山《ひるぜん》の手前の旅館はどうでしょうかと言って下さって、行程表と総額いくらと書いたものを持ち帰って所長に見せると「これでいいがな、行程表だけ別に作って皆に配ってくれるか、美奈子にも言うたってや」と言った。

「京子さんのおかげで形になってきたがな」

所長はすごく喜んでいる。少し悩みがあり、結婚して二年がすぎた頃、実家の母から未だ子供は出来ないのかと言われた。それは、京子自身が一番気にしていることだった。

何でも話す女友達が診てもらったと言うので母に言ってみると母も、あきらさんと相談して婦人科の診察を受けるように言われた。

大きな病院には大抵不妊治療の係があると友人が言った。診察はいやな感じだったけど病院に相談して一ヶ月程たった時、妊娠していると医者から告げられたと言う。

「そんなもんやねん。何とか赤ちゃんを抱きたいと思っている時、奥さん妊娠してるでと言われた時、涙が止まらんかったんやで、それから体を大事にして産まれるまで検診に通って無事にあの子、多恵子が五体満足で産まれてくれて、旦那は『なんや女の子か』って言ってたけど、どっちゃでもよい、元気で産まれたらいいと喜んでな」「そうなんや、うらやましいなあ」と言ったが、勇気を出して行ってみようかという気になってきた。

友人が教えてくれた所は予約制と言うことであった。九月末の土曜をお願いした。土曜が不妊相談日であった。このことは、母にもあきらにも言わず、内緒にしていることなどなにもないという振る舞いで日々過ごした。

いよいよ、皆が待ち望んだバス旅行の日が来た。所長のマンションの前に集合しているとバスが来て、各自、ニコニコして乗り込んだ。大きな荷物はトランクに入れて身軽に乗り込むと運転手がマイクで「本日は我が社を指定して下さってありがとうございます。安全運転でいきますのでよろしくお願いします。私は赤石と申します。次のトイレ休憩までくつろいで下さい。では出発します」

美奈ちゃんが「義母《おかあ》さん大丈夫？　しんどかったら言ってね」と言って気をつかっていた。

「うん、うん」といって手を振っていた。次いで「お父さん、大丈夫？」と言うと「ついでに聞くなよ」と言った。皆がドッと笑った。

岡山と言えば、名園名高い後楽園があり、そこを素通りする訳にいかず、入場券をあきらが買って皆に渡していた。添乗員の如く人数を数えていた。ここは一時間やでさっさと廻ってバスの所に帰ってやと言っていた。

「あきらさん、楽しそうやね」

「いやいや、父さんと京子のためや、なんでも言うてや」

京子もあきらも早めにバスに帰っていた。バスの前に並んで写真撮影が始まり、旅慣れしていない人達なので早めにバスに乗り込んだ。時間通りバスは再び出発した。

蒜山で遅めの昼食を取った。そこには、京子の兄夫婦と文《ぶん》ちゃんが来ていた。焼肉料理を頼んでくれていた。総勢二十一人が並んで食事した。京子とあきらが立って「実家の兄夫婦です。ここは兄のおごりです。知り合いらしいです。お土産もいろいろあるらしく値引があります。よろしく」と言うと、美奈ちゃんの息子、こぶしをつきあげて〝オッウー〟と言った。皆、拍手で応えていた。

黙々と全員食べることに精出して、バスにゆられた空腹を満たしていた。

あきらと京子で兄の所に行って礼を言うと、「よう来てくれたよ、あいつが喜んでいた、あいつは高校の同級生でソフトボールの主将をしていたが、親の跡をついで、いろいろ工夫してな。客を呼んでるから、京子の一行のことを言うとわしにまかせてくれ」と言ったらしく皆は食事が終った順にロビーで土産物を買い始めた。兄嫁もうれしそうに「備前焼の里は父が案内するって、はり切っているので乞う御期待という所です」と言った。

「義姉さん、すみません」と言うと、

「うーうん、喜んでいるんよ、私なんん頼ってもらってねー」「あきらさん、いつぞやは稲の取り入れ手伝ってもらって、しんどかったでしょ」

「いいえ、楽しかったです」

「お父さんの事御愁傷様でした」と小さな声で言った。

「ありがとうございます」と小声で返した。

「あのー、京子ちゃん、何か悩みあるんですか?」

「いいえ、何にも。いつも通りです」

「ああ、よかった。私が聞いていたってこと言わないでくれますか」

「はい、言いません。お父さんお母さんは元気ですか?」

「きょうは遠慮するって、よろしくとの事です」

「はい、了解です」

「又、ゆっくり二人で会いに来てあげて下さい」

「はい、もちろんです」

大阪市内とは空気が違って、どこを見ても青、青、青の感じで背筋が伸びて、皆の顔がほころんで見えた。

それだけでもこの企画は成功である。来週から又数字と格闘である。

お土産をしっかり買いこんで再びバスに乗り、鷲羽山《わしゅうざん》に行き、夕方旅館に入った。

父さんが割り当てた部屋に各自入って、ジャングル温泉に行った。広いお風呂場は湯けむりで相手が見えないことから、誰が言うともなくジャングル湯と言っていた。入口は別でも浴場内は混浴だった。

うち解けて全員で夕食を共にした。皆、口々《くちぐち》に神田の父さんに「ありがとう、最高の保養です」と言った。

そして、京子にもあきらにも「ありがとう」「ありがとう」と言った。

あきらは「父さん、今日は本当によかったね。皆の顔色を見たらうれしそうだもんな」

父さんは「最上級の膳にしたから、京子さんの手柄だ。よかった。よかった」と笑顔を皆にふりまいている。

最後に、明日の朝は、旅館前を十時に出るから、土産買うもんは帳場の横にあるから、発送もしてくれるから、岡山にカネを落としていくんだ。ケチケチするなよ」と付け加えた。

「備前焼のマグカップ買うよ」と中川さんが、

「明日、そっちへ廻るからな、楽しみだな、あきらも夫婦茶腕《めおとぢゃわん》買えよ」と父が、

「記念にいいもの選ぶから、なあ、京子」

と言えば、中川さんが「ごちそうさまだ」皆、ドッと笑った。お開きにしてそれぞれの部屋に帰った。

地下一階のバーに古川夫婦が行った。皆適当に振る舞った。あきらと京子も行くと神田の者でいっぱいになった。

「コーヒーを部屋に運んでや。二つ」といって部屋に戻って、テレビを見たり荷物の整理をした。疲れてしまって京子は無口だった。

「京子、どこかしんどいんか?」

「疲れただけやわ」と言ったきり、考えごとで頭の中はいっぱいという顔をしていた。

無理もないか、気をつかってばかりだから発散出来るものないか、

「そうだ、カラオケに行くか」

「いいから、気にかけんで」と言った。

コーヒーが届き、飲むと体も暖《あたた》まってすぐ寝た。あきらに不機嫌な顔をみせたりして少し反省したが、直ぐ眠《ねむ》りについた。

疲れている時は良質の水を飲むのが一《いち》番と聞いた。夜中に起きて旅館が置いてくれている水を飲んで又寝た。

あきらさんは隣のふとんでぐっすりと寝ていた。多分、疲れているのに私に気を使って一生懸命に機嫌をとってくれていた。

夫婦では、そういうこと必要ないのにまだわからないかな。子供の時から他人の中で大きくなったから抜け切らないのか、常に、はい父さん、はい父さんと言っており、どの様にして一人前の対等な父と息子になっていくんだろう。出会った時は、生い立ちとか、どのように神田家で過ごしたとか知らず、人の事を考える人間なんだと思っていた。

堂々として欲しい。喜びも悲しみも自分自身のものであって、人は何も取らないし取っていけないのに。

もし、子供が授かったら、あきらがしてきた経験は無駄になる。伸び伸びと正しいことは正しい、誤りは誤りと、そして、嘘は嘘、真実は真実と言える人になって欲しい。

人の顔色に左右されない答えを出す人になって欲しい。まだ、医者にも行ってないのにもしも産まれたらとか考えている自分も又、考えが足りない。

あきらも又、小型バスで廻ったら疲れるからと思って、目をつむって薄い布団を掛けて休んだ。京子の実家の兄嫁の言葉が気になっていたが、聞き出せなかった。その内眠りについたが京子は顔の手入れを入念にしていた。

（十二）

神田税理事務所が慰安旅行らしきことをするのは初めてだった。お父さんは京子さんの御蔭だねと言って労《ねぎら》い感謝していた。

畳をあしらったちょっと洒落ているコップ敷と、テーブルセンターになっている畳柄の土産を買って帰った。あきらと京子が買ったのはそれだけであった。

「他に何か買って帰ろう」とあきらが言った。

「大阪に住んでるし、我が家の土産はいいんじゃない？」と言うと、

「そうだな、食べ物は何でも、まわりにあるし、でも、女の人はいろいろ買うのが楽しみだろう」

「それは、岡山以外に行った時やで。ここの出身者はもう見飽《みあ》きているから」と言って相手にしたくなかった。お父さんを送ってから我が家に帰ると、どっと疲れが出て物言わずに座敷に二人並んで大の字になっていた。

やがて、京子は晩ごはんをしかけて、「お茶漬けでいいよね」と言った。

風呂をわかし、ホッと一息ついて夜のお茶漬けの用意をした。只、ごはんと塩昆布のみの夕食にした。早く普段の生活に戻りたかった。一泊でも旅行すると皆の性格が見えてきた。美奈ちゃんは案外とさみしがりやだとわかった。

九月末の検診が気になっていた。不妊相談なんか予約しなければよかったけど、取り消したら後悔する。やはり思い切って診察を受けようと心が決まった。

予約した日は朝から主人にどのように嘘をついて出ようかと考えた末に「お友達が家を買ったからといって招待されているねん、ちょっと顔を出してくるわ」と言うと「お祝いにお金を包んでいきや」と言ってくれた。

京子は婦人科に初めて行った。渡り廊下を通って別棟が産婦人科であった。婦人科は他の科と違ってちょっと説明のしようのない場所に思えた。そして、何故薄暗《うすくら》いのか婦人科の廊下も待合室もと、不満の気持ちがあふれそうであった。そして待合室は赤ちゃんの本とかぬいぐるみとかであふれていた。

子供さんを妊《みご》った人、もうすぐ産まれる妊婦さんには幸せな場なのだろうと思った。予約時間に呼ばれて医師の問診が始まった。年齢は高いがいわゆる覚悟が出来ていなくて、どきどき、おずおずしてうまく答えられなかった。

しばらくすると看護婦さんが診察台にあがって下さいと言った。そして、その診察台たるやなんと恐《おそ》ろしい診察台であることか。

看護婦の指示どおり初めて婦人科の診察台に上がった。股を広げて両足を開き足首で固定し動かないようにした。看護婦にやさしさは一切なくて、きびきびして診察の準備をした。

恥ずかしがることないように無駄なく動く看護婦は偉いなと思った。ちょうどお腹《なか》の上に白いカーテンがぶら下がっており、カーテンの向こうは見えないので、不安で怖い、尋常でないと思ったが、ここまで来て発する言葉を無くした。

カーテンの向こうでは、器具を股の中に差し込み、ちょっとでも動くと医師は「じっとしていないと解りませんよ」といって診察していた。

診察が終わり、これが婦人科の診察かと私は不信顔で高い診察台から降りて、下着を身につけた。古今東西を問《と》わず世の女性達の震《ふる》えと、秘めた怒《いか》りを今知った。

女の強さ、女の怒りはこの様な場を踏んで生まれてくるのだと思った。恥ずかしい思いをしたが生きるための何たるかを心の奥底に沈めた。

又、呼ばれて診察の結果を聞くため医師の前に座って所見を聞いた。

医師は「大きな大きな太鼓判を押します」

「貴方は子供を産めます。保証します」と言った。

返事の仕様がなく、頭を下げて、

「ありがとうございます」と言った。

医師は棚から茶色い瓶を取り出して私に渡した。五十ccくらいの茶色い瓶は、外からは中が見えない薬剤を入れるような広口瓶だった。

「この瓶に、御主人の精液を取ってきて下さい。取れなかったら、ティッシュについたものでもいいですから、この瓶に入れてきて下さい」と言った。

どっちにしても、最悪ティッシュについたものであっても、持ち出して提出するのは抵抗があった。本人の知らない所で勝手には……。

そこで、意を決して主人に言わなければいけない。その日から毎日、今日は言おう、又、今晩は話そうと思ってやっと一週間目に言った。

「この前、友達の紹介で病院に行ってきた。それで、私は子供を産める体かどうか調べてもらったんやで」

「ふぅーん、それで?」と主人が言うので、

医者は「貴女は子供を産めます。太鼓判を押す」と言った話をした。

「その時、医者がこの瓶に御主人の精液を取ってきなさいって、勢いがなかったら出来にくいので私が調べて見ます」って。

　すると、主人は極めて平静を装って言ったことは、「医者に掛《か》かってまで、産んで育てる時代でない。出来たら出来たでいいし、産まれなかったら、それはそれでよい。どっちにしても受け入れるよ」と。私はその場に立ちすくんだ。そして、その時私の口から出た言葉は、

「そしたら、十年後二十年後にうちも子供が欲しかったとか、さみしいとか言わんといてや」と。

「わかった。そんな事でやきもきしないで、ゆったり暮らしたらいい。伯父の家も子供いないんや。絶対に君を責めたりしないから。子供のおらない家はようけある。又、何人も出来てる家もある。こればっかりはしゃあないやんか。無理に出来ても五体満足かどうかわからへん。それでも我が子に生まれたら育てなあかん、なっ」と、じっと私を見て言った。

「わかりました。明日、医者にこれ返してきます」と言うと、

「ゴミの日に捨てよ」と言った。

「うん、わかった」と返事をしたが、その茶色の瓶は長い間捨てずに引き出しの隅にあった。

　京子は何となくスッキリした部分が体のどこかにあった。それは、今まで言おうと

思った事を言えたからかも知れない。大事な事を話すのは勇気とタイミングがいる。

何日かして、電話で母に話すと「女は子供のことで何度泣くかわからん、もちろん喜びもあるけど生涯心配なものだ。なければないでいいと思う。あきらさんと仲良くいくんやよ」と言った。

結婚前に神田の家に行った時、坂が嫌いですと言った事を後悔した。あきらのお母さんは雨の日、荷物を持って家の前でころんだ。それが原因かどうかわからないが、その後、流産して、お母さんも、もし誕生したら、あきらの弟妹《ていまい》になる子も亡くした。あきらはその時、小三位《くらい》だったのかな、どんなにか悲しく寂しかったか知れない。

その事を考えた時せめて夫を大事にしてあげようと思えた。そして、子供を産み育てる女性としての願望は捨てた。

京子は以前から考えていた事を始めようと思った。一つは、料理教室に通うことである。

週一回、金曜日に事務所の手伝いを休ませてもらって料理を習いたいと申し出たところ、即座にオッケーが出た。

洋食、日本料理の両方を習うつもりで申し込んだ。テレビでも有名な料理研究家という人が校長先生らしく、弟子に指導していた。

体験学習をして来週から通う事になった。なんとなくうれしく、週一回難波に行けるのも楽しみになった。

三ヶ月程通って少しわかってきた頃、美奈ちゃんが来て、京子さんが習った事を教えてと言ってきた。「古川が、京子さんに習ってこい、と言うのよ」と言った。

出汁《だし》のとり方から教えてあげたら「京子さんが、あきらの嫁さんでよかった」と。

「どうして」と聞くと、

「よう、わからんけどな」と美奈ちゃんが言うから、

「私のこと、阿呆と思っているでしょう」

「うーうん、尊敬しているよ」といってキャッキャッと笑った。

「今度、難波の歌舞伎座に行こうか」と誘われた。金曜の夜の部だったら教室の帰りに寄れるから四時に歌舞妓座の前で待っているからと言えば、美奈ちゃんは喜んで、

「うん。行く行く、古川のお母さんに頼んでおいていくわ」と言った。

美奈ちゃんもいっぺんに顔が明るくなった。このようにして、平穏な日々に感謝出来るようになったことを京子は無上の喜びに感じている。

（了）

著者プロフィール

相原 徐風（あいはら じょふう）

大阪府在住。

雨の坂道 嫁の言い分《ぶん》

2024年３月15日　初版第１刷発行

著　者　相原 徐風

発行者　瓜谷 綱延

発行所　株式会社文芸社

〒160-0022　東京都新宿区新宿１－10－１

電話　03-5369-3060（代表）

03-5369-2299（販売）

印　刷　株式会社文芸社

製本所　株式会社MOTOMURA

ISBN978-4-286-24882-0